Cuentos de la jaula

JOSE BESCÓS CANO

*Sólo por el placer de conocerte,
ha valido la pena vivir.*

ÍNDICE

LA JAULA

Yo nací en una jaula de gorriones, a la vez que otros congéneres que también reventaron su cascarón. Mi plumaje lo encontré sucio y espantoso, y el estridente piar de docenas de picos me angustió sobremanera. Me agradó, en cambio, ver la luz por primera vez con todo su despliegue de colores. En medio de aquella escena vi, entonces, algunos adultos volando sobre mi cabeza con una ligereza envidiable, y encontrando aquel prodigio tan hermoso, despertó mi esperanza y descubrí el sentido de mi vida: volar.

La jaula era enorme, de unos doce metros cúbicos, y estaba emplazada en un inmenso jardín. Tenía un tejado de uralita para cubrirnos de la lluvia, y en ella convivíamos un centenar de ejemplares. Lo peculiar era que no estaba completamente cerrada; tenía una pequeña puerta, siempre abierta, por la que podíamos escurrirnos libremente haciendo algunas contorsiones. Sin embargo, la realidad era que casi nadie la utilizaba, y los que lo hacían regresaban pronto, limitándose a incursiones fugaces de las que volvían más bien asustados. Sin duda todos preferían contemplar el jardín desde el interior del recinto, que, a fin de cuentas, permitía disfrutar del aire que corría a través de los barrotes, a la vez que brindaba una seguridad reconfortante y, sobre todo, esa inefable sensación, en el fondo engañosa, de sentirse arropado por la comunidad.

Crecí convencido de que aquello era agradable, y más aún cuando empecé a sacar partido a mis alas. Desde los primeros días destaqué por mi irrefrenable capacidad de volar sin cesar, hasta donde me permitían las dimensiones de la jaula.
El propietario, o al menos el que se encargaba de nosotros, era un hombre mayor, de semblante manso y trato cariñoso, que nos aseguraba el agua y la comida, además de procurarnos otros

cuidados. Todo era muy rutinario y sencillo en aquel escenario. Pero precisamente fue el asunto de la comida lo que introdujo un cambio decisivo. Sucedió que decidieron sustituir nuestro tradicional alpiste por una variedad transgénica que resultaba más sabrosa, antibiótica y, sobre todo, más barata. La sustitución no se hizo de golpe, sino que para habituarnos a ella se habilitaron dos comederos, uno con el alimento de siempre y otro con el nuevo. Con el tiempo todos los gorriones se pasaron al transgénico; su sabrosura resultaba irresistible. Yo también lo probé ocasionalmente, pero no acabó de convencerme. No sabría decir si fue por instinto, por intuición, o por una leve sensación extraña que me dejaba en las tripas…; pero el caso es que no me convenció y seguí alimentándome con el alpiste tradicional. Al propietario no le importó seguir suministrándomelo.

Sin embargo, con el paso de los meses, la nueva dieta dejó sentir inesperados efectos: por un lado aportó las ventajas esperadas, pero por otro llevó a los gorriones a una obesidad notoriamente generalizada y extrema. Ello afectó, lógicamente, a la morfología de sus cuellos y gargantas, que se volvieron más gruesos, y en consecuencia mutaron su canto soprano por otro pesado y grave, rayano en la cacofonía.

Yo fui percibiendo estos cambios en mis compañeros, al principio con cierta indiferencia. Pero pronto descubrí, con pánico, que el fenómeno venía acompañado de un dramático componente psicológico: en efecto, el sobrepeso derivó en una enorme sensación de pereza. Con lo cual la sociedad, además de obesa, se volvió inactiva y sedentaria, contribuyendo más aún a desarrollar la obesidad. La consecuencia inevitable fue la peor catástrofe que en un pájaro cupiera imaginar: dejaron de volar, como si se hubieran atrofiado sus alas.

Al percatarme de esta realidad, renuncié definitivamente a participar de sus costumbres alimenticias, y reaccioné además cruzando una barrera mental infranqueable hasta entonces: la de escurrirme por la puerta de la jaula. Pero no lo hice, como otros, por experimentar excursiones breves y ocasionales, sino que lo adopté como hábito diario, de manera que sólo regresaba de noche. Me cuesta expresar la fascinación que me reportó esta experiencia. Salir al jardín y contemplar la jaula desde fuera fue para mí una sensación idéntica a la que tuve cuando rompí el cascarón del huevo al nacer vislumbrando por primera vez la luz de la vida. La visión externa de aquel cubo de barrotes me hizo sentir como un recluso escapando de su prisión, y con ello mis pulmones se hincharon de aire en señal de alivio, impregnándome de una intensa bocanada de libertad. La evidencia de haber vivido encerrado aclaró mi mente de forma definitiva, y ya no quise retornar al enclaustramiento nada más que para dormir.

En ese jardín exterior que antes sólo veía a través de los barrotes, sin involucrarme en él, descubrí la infinita variedad de las flores, las frescas hojas de los árboles y el reposo en la sombra de sus ramas. Conocí grandes familias de golondrinas, canarios, periquitos, cotorras, gaviotas, y otros gorriones como yo pero criados en el mundo externo. Con ellos aprendí nuevas técnicas de vuelo, maneras armoniosas de cantar, y el gusto de comer insectos, larvas, y beber el néctar de las flores. Sentí el placer de elevarme hasta las nubes, de caer en picado, de flotar sobre el viento sin batir las alas, de mojarme en la lluvia y de cobijarme en oquedades. Pero sobre todo, disfruté al verificar cada día que seguía conservando mi esencia: cantar y volar.

Mi actividad, esencialmente inocente y natural, pronto se juzgó como extraña por el resto de la comunidad, y no tardaron en asediarme con comentarios mordaces. Insistían en que retornara a la vida de la jaula, que me integrara, que comiera lo que comían todos, y que aceptara la realidad (su realidad) so pena de caer en la soledad y en la marginación social. Me di cuenta entonces de que ni siquiera eran conscientes de los perjuicios de su mutación. Es más, se daba la paradoja de que eran ellos los que me veían a mí como un extraño, incluso en mi aspecto físico, cuando precisamente yo era el único que permanecía inalterado y con una salud envidiable.

Definitivamente estaban atrapados por la conducta de ganado…, por ese borreguismo irracional que anulaba su individualismo haciéndoles pensar y actuar al unísono, como autómatas, siguiendo todos la misma corriente. Los barrotes de la jaula no eran los causantes de su cautiverio; de hecho estaba abierta la puerta. Eran esclavos de su propia sociedad, de su adoctrinamiento, del yugo invisible de la masa. Sin embargo, viéndoles tan contumaces, y puesto que se confesaban razonablemente felices, no empleé un segundo de mi tiempo en tratar de justificarme, y mucho menos en convencerles de seguir mis pasos. A decir verdad, pensé que si aquellos 99 gorriones abandonaran de golpe la jaula, invadiendo el jardín, éste ya no sería el mismo. De manera que todo quedó como estaba y, sofocado el rechazo latente, reinó una aceptable y soportable paz social.

Por un tiempo todo se mantuvo en orden. Hasta que se presentó la tragedia…

Sucedió un día en que me alejé más de la cuenta y se me hizo de noche. A duras penas logré orientarme en la oscuridad y regresar a la jaula. Pero al aproximarme, frené mi vuelo de súbito y, suspendido en el aire, cambié bruscamente el rumbo para cobijarme en la oquedad de un árbol. Escondido, con la sangre helada de pavor y la mirada clavada, presencié una escena dantesca: el ataque de una lechuza estaba sembrando el pánico en la jaula. Contemplé con espanto cómo la rapaz había metido su garra entre los barrotes logrando atrapar sin remedio a uno de los gorriones. La víctima no pudo ni piar de oprimido que tenía el pecho. En su lugar exhaló un suspiro afónico, un último aliento, antes de que el pico de la lechuza le triturara el cuello arrancándole la cabeza del cuerpo. El cadáver decapitado cayó al suelo salpicando todo de sangre, mientras la bestia devoraba la cabeza relamiéndose. La comunidad quedó en estado catatónico, con todos los individuos apelmazados en el centro del recinto, bien lejos de las paredes, contemplando con ojos desorbitados e incrédulos el fatal desenlace del ataque. Era la viva imagen del Miedo.

Oculto en mi escondite, acababa de descubrir, traumáticamente, que los peligros de la jaula eran incluso mayores que los del mundo externo. Sin duda había subestimado las pésimas consecuencias de aquella vida social. Si el gorrión no hubiera estado obeso y con pereza de volar, su agilidad le habría permitido esquivar la garra de la lechuza. Eso fue lo que pensaron todos al instante y al unísono, y por eso, al mirar sus cuerpos y verse gordos, comprendieron que la lechuza regresaría y que volvería a matar. Y lo que era peor: podría repetirlo 98 veces.

Así reflexioné: Cuando un sujeto no acata determinadas costumbres imperantes en la sociedad, puede darse el caso de que sea el único cuerdo en medio de una masa enferma. Esto es un canto a la personalidad y al individualismo.

UN HOMBRE MANSO

Leonardo trabajaba como jardinero en una mansión, donde también se ocupaba de cuidar una jaula de gorriones. Esto último le había dado un disgusto hacía algunos meses, cuando el ataque de una lechuza durante varias noches, aniquiló numerosos ejemplares, sembrando el pánico entre los pajarillos. Coincidió aquello con que llevaba un año haciendo experimentos con una modalidad de alpiste transgénico, y estaba investigando las consecuencias de este cambio de alimento. Había detectado que uno de los efectos era que conducía a la obesidad, y no descartaba la hipótesis de que eso hubiera atraído a la lechuza, que encontró a sus presas bien rellenas y carentes de agilidad para escapar. A raíz de ello, Leonardo acabó reflexionando no sólo sobre la salud de sus pájaros, sino también sobre la suya propia.

Él era un hombre mayor, pero no anciano. Los vecinos le tenían por alguien sencillo, trabajador y, sobre todo, amable y bueno. Su voz sonaba un tanto afónica, con la sutileza de un silbido susurrante, pues el vicio del tabaco había erosionado sus cuerdas vocales; con frecuencia tosía. Su cabeza sólo tenía algo de pelo por encima de las orejas, mas para compensarlo, lucía una larga barba, densa e imponente, con las primeras canas de los años. La piel del rostro, tostada por el sol, como es propio de las gentes del campo, mostraba arrugas, así como algunas manchas y otras imperfecciones. Por lo demás, no era alto ni bajo, ni débil ni corpulento. Y aunque sería exagerar decir que era gordo, saltaba a la vista que disfrutaba del buen comer, pues no ocultaba la redondez de su barriga.

Pero toda su fisonomía cambió prodigiosamente debido a aquellas reflexiones que inició sobre su salud: Decidió dejar de fumar y comenzó a practicar algo de deporte. Así descubrió la delicia de las caminatas por el monte, sintiendo cómo el aire fresco le limpiaba los pulmones. Fresca fue también la fruta y la verdura que introdujo en su dieta, reduciendo el exceso de carnes y grasas de las que abusaba. Un poco de pescado, suficientes cereales y legumbres, leche, yogures, agua, zumos, y menos excederse con el vino y la cerveza... Con ello acabó por desaparecer, con disciplina y paciencia, hasta el último michelín de su tripa, liberándose de ese peso. Libre quedó asimismo su sistema circulatorio de cualquier residuo de colesterol, y esto fue lo más importante, pues más que mejorar el aspecto físico, su intención fue asegurar la limpieza interior del cuerpo. Un cuerpo que pronto empezó a exteriorizar los beneficios de tener una sangre limpia: por milagroso que pudiera parecer, el cabello le brotó allí donde antes tenía calvas; y las canas incipientes de su barba fueron desapareciendo, poco a poco, tomando toda ella color lustroso y oscuro. La oscuridad de su piel también mutó, pues se protegió del sol con un sombrero, y comenzó a cuidarla con cremas hidratantes. Las pecas se esfumaron enseguida, y su semblante se mostró ante todos notablemente rejuvenecido. Y he aquí, en el rejuvenecimiento, donde se obró el milagro que maravilló a los habitantes de su aldea... En efecto, resultó que a Lorenzo le tocaba cumplir 53 años; pero, en lugar de eso, cumplió 51, y al año siguiente cumpliría 50. ¡Oh prodigio de la Naturaleza!

Pletórico disfrutó de su ligereza; pletórico, con la agilidad de su cuerpo; pletórico, de sentirse limpio y sano; pletórico, de volver a su juventud...

La más gratificante de sus costumbres recuperadas había sido la de caminar por los valles. Le encantaba perderse en la inmensidad de los hayedos, y disfrutar, en soledad o en compañía, de los paseos por el río, escuchando los sonidos cristalinos del agua, y la tenue sinfonía de las hojas de los árboles cuando soplaba el viento. Además Leonardo era un tipo enormemente observador, especialmente de las cosas de la Naturaleza: precisamente, hablando de las hojas de los árboles, cogió en cierta ocasión la de un chopo, y se admiró al comprobar que el eje y sus nervios reproducían exactamente la estructura del árbol entero, con su tronco y las ramas. Y es que Leonardo vivía convencido de que en las cosas pequeñas habitaba, con frecuencia, la inmensidad de las grandes. Esta reflexión le hizo iluminarse de súbito... Por un momento disfrutó de una experiencia ingrávida, sintiendo cómo su espíritu se elevaba en el aire, a la vez que una luz esplendorosa acaparaba la visión de sus ojos. Flotó a sus anchas dejándose llevar por la brisa, y, deleitándose del momento, dejó que aquello fluyera. Pasaron varios minutos hasta volver a descender despacio, quedando finalmente posado sobre la suave hierba, boca arriba, como si de una hoja mecida por el viento se hubiera tratado.

- "Las cosas pequeñas reproducirse en las grandes pueden" – sentenció.

Y a partir de ese razonamiento llegó a otra conclusión maravillosa: de la misma manera que con sus medidas había mejorado la salud de su cuerpo, con acciones equivalentes podría mejorar la de todo el ecosistema de su aldea, y de la comarca entera.

Poco tardó en diseñar la estrategia para llevar su idea a la práctica. Se personó directamente en el Ayuntamiento y propuso sus reformas al alcalde. Hombre viejo, y además enfermo, le respondió con franqueza: "Ya no estoy para esos trotes, amigo...; pero como voy a retirarme en pocos días, si quieres tomas el relevo."
Aquello le sonó a Leonardo como música celestial. En principio no había contemplado la posibilidad de ejecutar él mismo su empresa, pero dada la circunstancia, no dudó en aprovecharla. A fin de cuentas, pensó: "si quieres asegurarte de que algo salga bien, lo mejor es que lo hagas tú mismo."
Dicho y hecho, se presentó a las elecciones municipales, y dado que era persona popular y querida, las ganó. Es más, una vez en el puesto de alcalde, pronto se ganó el apoyo y la simpatía de los otros colegas de la comarca. Al dictar las primeras instrucciones

encontró cierto escepticismo en algunos de sus asesores y funcionarios, pues eran éstos de la pusilánime opinión de que "nada se puede cambiar" y "te estrellarás contra un muro de realidad." Pero Leonardo era un hombre renacentista…; su filosofía era la de "nada es imposible."

Comenzó por limpiar el aire. Igual que el tabaco ensució sus pulmones, el humo de los coches y chimeneas ennegrecía la atmósfera de la aldea. Por lo tanto, si eliminar el vicio de fumar había sido el remedio para su salud, también lo sería para la comarca erradicar la emisión de gases. Así razonó y actuó, y su tierra volvió a respirar. Respirar también pudieron los peces de los ríos cuando se depuraron las aguas, pues así como era bueno en los humanos tener limpias sus venas y arterias, bueno fue devolver a los arroyos su pureza. Pureza que redundó en una excelente hidratación del suelo, que vio con ello mejorar sus nutrientes y fertilidad. Fertilidad que se aprovechó para sembrar matorral en las zonas peladas, luchando contra la calvicie terrestre, creando las condiciones óptimas para que brotaran los árboles; pues igual que los humanos protegían su piel con sombreros y cremas, pensó Leonardo que el manto vegetal era de la tierra su mejor protección contra la erosión. Y así resultó que en pocos años la comarca se mostró a todos rebosante de verdor, de vida, de salud, y de belleza. Ello atrajo insectos y pájaros que llenaron los valles de sonido y de color; habitaron los reptiles, zorros y conejos, que a su vez fueron reclamo para las aves rapaces; y la frondosidad del bosque y la frescura de la hierba, permitió el asentamiento de las primeras familias de jabalíes y venados. Y todo ese dinamismo rural animó a los aldeanos a organizar actividades, lúdicas y lucrativas, que les tuvieron entretenidos, contentos, y gozando de prosperidad. Tal fue la exuberancia que alcanzó el ecosistema, que incluso se instaló un biólogo en el bosque, que encontró allí el lugar idóneo para hacer experimentos introduciendo una pareja de bonobos.

Leonardo subió un día a lo alto de una colina para ver el resultado de su proyecto. Entonces, mientras contemplaba el horizonte, comenzó a sentir bajo sus pies un extraño temblor del suelo. Desconcertado por aquello, se arrodilló y posó las palmas de sus manos sobre la tierra explorando el misterioso movimiento Para su sorpresa, el terreno empezó a elevarse para después bajar, rítmicamente, como si respirara... ¡Había logrado que la tierra volviera a latir, cual cadáver reanimado con electroshock! ¡Oh prodigio de la Naturaleza!

Feliz suspiró nuestro Leonardo; feliz retozó cada aldeano; feliz cada alimaña del monte; feliz cada hoja y cada árbol...

Sin embargo, comoquiera que en los grandes proyectos siempre solía aparecer un elemento que escapaba al control, la felicidad no tardó en verse amenazada por lo que podríamos llamar "el elemento hostil". En este caso resultó ser un concejal corrupto del Ayuntamiento vecino. Era todo lo opuesto a un hombre manso; es decir: indómito y salvaje. En su día fue condenado por prevaricación, cohecho, fraude fiscal, malversación de caudales públicos, y tráfico de influencias... Pero apenas pasó un mes en presidio, pues le indultaron los del Gobierno, como era la costumbre.
Este concejal inmoral estaba haciendo ahora fortuna con un simple negocio de repostería, cuyos dulces eran deliciosos al paladar pero resultaban enormemente grasientos. El peligroso matiz era que tenían un sutil aditivo, oculto a los ojos del público, que creaba adicción.

El caso fue que aquel hombre aprendió de la lección de Leonardo:

-   "Las cosas pequeñas reproducirse en las grandes pueden."

Y concluyó que si vendiendo su producto en la aldea ganaba bastante dinero, ampliando su negocio a toda la comarca multiplicaría su riqueza. Así lo hizo…; untó a las autoridades sanitarias para que admitieran como inocuo el aditivo maligno, y los dulces se vendieron como rosquillas.

Los habitantes se cebaron como cerdos. Dejaron de caminar por el monte, anclados por su propio peso; abandonaron el cuidado de los valles; volvieron a abusar de sus contaminantes coches, por pura pereza de andar; se desatendió la depuración de los ríos; el agua dejó de fertilizar la tierra. Y con ello se perdió el equilibrio que tanto costó lograr.

Leonardo, que era experto en encontrar analogías, observó, en medio de sus lamentos, cómo todas las personas se habían vuelto obesas… Y al instante recordó lo sucedido con los gorriones de su jaula.

- Pobres gentes – pensó -. Pronto estarán todos muertos.

Comprendió entonces, en medio de su desesperación, por qué las personas más capacitadas para gobernar suelen desistir de hacerlo. Y aprendió la lección de que una vez acometido un proyecto, había que asegurarse también de que en el futuro nadie lo arruinara. Pero al menos, ahora, eran varios los vecinos de la aldea que habían sido testigos de que una vez tuvo razón: "nada es imposible." Y eso le alegró, pues comprendió que estaba sembrada la semilla de una nueva regeneración.

LA ACTIVISTA

Soy una hembra de bonobo. Hasta hace unos meses vivía en la selva del Congo. Pero unos cazadores furtivos empezaron a merodear por el territorio, y el biólogo que estudiaba a mi familia pensó que era mejor trasladarnos. Logró reubicar a varios de nosotros en áreas protegidas; sin embargo, los dos ejemplares que no pudo refugiar, optó por traérselos temporalmente consigo a su país, antes que dejarnos abandonados. Desde entonces, un macho y yo vivimos con él en un bonito bosque; y aunque echamos de menos el bullicio de nuestro enorme clan, mejor es vivir entre humanos que ser por ellos cazado.

A los bonobos se nos confunde frecuentemente con los chimpancés. Eso nos causa la misma indignación que a los japoneses cuando se les llama chinos, pues a poco que uno se fije, somos físicamente diferentes, y además nos llevamos mal con ellos. Los chimpancés son agresivos cuando algún extraño entra en su territorio, o incluso entre ellos mismos cuando tienen disputas; mientras que nosotros recibimos a los visitantes con cierto espíritu curioso, y en nuestro clan reina siempre la armonía.

Los humanos también tienen un modo extraño de compararnos con ellos. Ahora dicen que como compartimos el 98% del genoma, somos casi la misma especie. Pero nuestro razonamiento (porque sabemos lo que es la *razón*, y además la usamos) es que precisamente ese 2% de diferencia nos convierte en seres totalmente diferentes. Les aseguro que mi pareja y yo no tenemos nada que ver con un humano, ni queremos parecernos. Lo cual no quita para que apreciemos enormemente a nuestro cuidador, que nos ha salvado de la muerte y nos adora con locura. La mayoría de los científicos se empeñan, además, en poner nombres raros a los primates que estudian…; a uno le llamaron Washoe, y a otro le pusieron Kanzi. Pero nuestro biólogo tuvo el detalle de permitirnos

16

elegir nuestros propios nombres, y para ello nos enseñó a comunicarnos con letras: yo escogí María Cristina, y mi pareja quiso ser Alejandro. Habíamos escuchado esos nombres en una telenovela romántica, y por eso nos gustaron. El amigo científico se quedó perplejo cuando cayó en la coincidencia, pues no imaginaba que pudiéramos entender los programas televisivos. Y es que tengo que decirles que, aunque los bonobos no podamos hablar por tener elevada la laringe, entendemos el lenguaje humano. De hecho, en los pocos meses que llevamos en este bosque nos hemos enterado de todos los cotilleos de la comarca, de las noticias de los telediarios, de las conversaciones que los senderistas mantienen por sus móviles, y de los secretos más íntimos que se confiesan las parejas que se esconden por aquí. ¡A mí me encantan los chismes, y estar a la última de todo!

Ahora, por ejemplo, está de moda en la aldea discutir sobre el aborto. A las bonobos ni nos va ni nos viene, pues no tenemos embarazos no deseados. Pero hay un detalle de los debates que nos llama la atención: las antiabortistas dicen que un feto de 3 meses es una vida perfectamente humana, y que por eso debe ser protegida. Si eso es así, los de mi especie nos preguntamos por qué no se protege con el mismo ímpetu y argumento a los bonobos, chimpancés, gorilas, orangutanes, y cualquier tipo de primate, o en general a las criaturas del reino animal. Comparen a un bonobo con un feto humano…; les aseguro que verán en el primero un ser mucho más desarrollado, y sobre todo pletórico de vitalidad. Por tanto, si hablamos de defender la vida, tratémosla en todas sus manifestaciones, y no sólo en la humana. ¡Basta ya de extinguirnos!

Y es que la Humanidad siempre ha adolecido de ser vanidosa. Presume de ser la escala más evolucionada del planeta. Que a nivel de individuos no cabe duda que es cierto; un humano aislado es más inteligente que cualquier bestia de la Naturaleza; por eso los cazadores furtivos nos borran del mapa. Pero a nivel de la especie en su conjunto, es difícil afirmar que la sociedad de los hombres sea un éxito evolutivo, cuando la realidad es que más de la mitad viven en la más absoluta miseria, por todo lo ancho de la Tierra. Incluso en los países más ricos hay gente muy desgraciada: acuden a unas personas que se llaman *psicólogos* y *psiquiatras* porque se sienten solos, o estresados, o deprimidos, o porque tienen disfunción eréctil...; y sobre todo hay un gran número de infelices por crisis en sus relaciones de pareja. Practican una extraña costumbre conocida como *matrimonio*, cuando todos sabemos que los primates no son monógamos. Y luego se sorprenden de que la mitad de esos compromisos acaben en divorcio antes de los diez años, y la otra mitad se tire discutiendo hasta el final de sus días.

A los bonobos no nos pasan estas cosas, y no entendemos cómo los humanos pueden complicarse tanto la vida. Nuestra convivencia social resulta encantadora; es imposible sentirse solo. Y cuando surge la más mínima tensión, la solucionamos con un poco de sexo: yo te toco, tú me tocas, y otra vez tan amigos. Porque nosotros no sólo utilizamos la sexualidad para fines reproductivos, sino también como medio de gratitud, o como mera actividad de ocio. Y, además, nos resulta extraña la intolerancia humana con eso que llaman *gays* y *lesbianas*, pues en nuestros grupos lo mismo practicamos tocamientos entre machos y hembras que en relaciones homosexuales, y con toda la naturalidad del mundo. ¡A mí me encanta frotarme con mis amigas, que conocen mejor lo que me gusta! Y ahora que estoy de vacaciones con Alejandro, me lo monto con él, pues es lo único que tengo. Eso sí que lo echo de menos: el mogollón del clan... Pero menos mal que se vino a este bosque mi Alejandro..., mi amigo del alma. Me encanta su carita negra, y cómo me saca los morros por la mañana para darme el beso del alba.

Los amaneceres aquí son más tranquilos que en la selva, porque no hay tantos animales. A veces, de puro silencio, nos da pereza abandonar el nido. Porque esa es otra: los bonobos hacemos cada noche pequeños nidos en las copas de los árboles, juntando algunas hojas y ramas, y después los abandonamos para ir a otro lugar, construyendo un nuevo nido la noche siguiente. El sistema es, por tanto, ágil, flexible y sencillo. Sin embargo, los humanos se agobian con unas cosas que llaman *hipotecas*, por las cuales pasan 30 años trabajando para pagarse unas cajas que denominan *viviendas*. ¡Menudo despilfarro de esfuerzo!

En cuanto al día, lo pasamos comiendo frutos y retozando. Y si encontramos hormigueros, nos entretenemos cazando hormigas con finos palos, pues son un manjar delicioso; por cierto, que poca gente conoce nuestra habilidad utilizando herramientas para alimentarnos. En este bosque no es que haya demasiada comida, pero sí la suficiente para los dos ejemplares que somos. Y lo bueno es que no hay depredadores, y también enfermamos menos, pues ya toma sus precauciones nuestro estimado biólogo. Eso sí que hay que agradecérselo a los humanos: la invención de la Medicina. Sin duda es el mejor de los logros de su especie. Vencer a la enfermedad y a la muerte, y evitar el sufrimiento, es algo deseado desde siempre por cualquier ser vivo. A ninguna hembra le gusta contemplar la muerte de su hijo.

Así que, como ven, somos muy diferentes… ¡Qué orgullosa me he sentido siempre de ser una hembra de bonobo! Y también de ser activista en la defensa de mis ideas. Reivindico, por ejemplo, la identidad de mi especie y de mi raza; reivindico la protección de nuestras costumbres y nuestra lengua; reivindico el derecho a decidir nuestro futuro, libres de injerencias extranjeras; y reivindico la soberanía de nuestro territorio selvático, que debe ser respetado por los humanos.

Sin embargo, comoquiera que la vida es caprichosa, intuyo que todo esto está a punto de cambiar… Esta mañana he recibido dos noticias; ninguna es mala, y todavía no sé si serán buenas. La primera es que podemos regresar a África; han encontrado un grupo de bonobos en el maravilloso Parque Nacional de Otzala, en la selva del Congo Brazzaville, y dicen que será fácil integrarnos con ellos. La segunda, más imprevista, me ha dejado perpleja:

Resulta que al despertar en el nido, Alejandro no estaba; no me he preocupado, pues a veces madruga para recoger fruta y sorprenderme con un buen desayuno. Lo desconcertante es que se ha presentado con comida, pero también con una sortija de oro y brillantes… Dice que la ha robado en una joyería de la aldea, con mucho sigilo, pues no tenía dinero para comprarla. El caso es que quiere que nos casemos, y que vivamos un idilio en esta paradisíaca aldea boscosa, aunque sea por una temporada, pues confiesa haberse enamorado de mí, y opina que, total, África siempre puede esperar. A fin de cuentas, asegura, será una experiencia estimulante vivir entre los humanos, compartir sus costumbres, y probar cómo es esto del Amor. Será enriquecedor asimilar nuevas culturas.

Alejandro se ha humanizado…; pero me encanta su propuesta. ¿Me habré humanizado yo también? ¡Virgen del amor hermoso! ¿Y ahora qué hago…?

Aquello que damos por seguro, se torna relativo al cambiar las circunstancias. El bonobo de hoy, puede ser hombre mañana; y el que es humano de día, quién sabe lo que será de noche.

TENACIDAD

Benjamín era propietario de una joyería en una aldea. El negocio no es que fuera boyante, pues la clientela era escasa al haber pocos habitantes, pero le mantenía entretenido y no le daba problemas. Sin embargo, le acababa de suceder algo realmente pintoresco: por primera vez desde que se estableciera, había sufrido un robo. El ladrón se había llevado únicamente una bonita sortija de oro con tres brillantes incrustados, dejando intacto lo demás, lo que hizo suponer que su móvil no era la codicia ni el dinero. Lo sorprendente fue que algún vecino aseguró haber visto a un chimpancé (un bonobo para ser precisos) infiltrarse en la tienda, nada más abrir de madrugada, cuando el tendero estaba todavía espabilando, recién despierto. El perjuicio no fue importante, pero aquello le causó una gran curiosidad por saber si realmente un primate había sido el autor del suceso.

En cualquier caso, cosas peores le habían pasado al joyero, y siempre supo salir adelante. Sin ir más lejos, antes de establecerse en esta aldea salió victorioso de una verdadera odisea que le llevó al país del hielo. Entonces tenía un comercio de cangrejos de mar en la ciudad de Ushuaia, en el extremo sur de Argentina. Y sucedió que cierto día se animó a embarcarse en la trainera de unos pescadores, para conocer de cerca el trabajo de sus proveedores, con tan mala suerte que, apenas doblado el mítico Cabo de Hornos, un vendaval del demonio azotó la embarcación sumiéndola en un caos espeluznante. Como si se tratara de una cáscara de huevo metida dentro de una lavadora, las olas, procelosas y asesinas, arremetieron contra el casco tambaleándolo de babor a estribor, haciendo que en el interior los objetos salieran despedidos como proyectiles. El bravo oleaje incluso rompía en cubierta, propinando sacudidas espantosas, mientras se escuchaban las tétricas carcajadas del diablo, retumbando como truenos, a la vez que vomitaba su blanca espuma. Todo el aparejo orquestaba un sonido aterrador al agitarse con el viento indómito; y los cabos, sueltos y rotos, repartían latigazos a tropel, flagelando cuanto encontraban, cual si hubieran cobrado vida por encargo de la mismísima Muerte. Era inútil maniobrar la nave en medio de aquella tormenta, sin saber de dónde venían ni el agua ni el viento, pues atacaban desde todas partes. Un terror negro, sazonado con dudas grises, vagaba por las mentes desactivadas de los tripulantes, que con sus chubasqueros empapados se habían cobijado como ratas en el camarote, inútilmente, sin poder escapar, en absoluto, de las garras de la tempestad. Benjamín padeció todo aquello esforzándose por recordar cada segundo, pues, a fin de cuentas, no todos los días tenía uno la ocasión de visitar el Infierno. En medio de esa oscuridad amedrentadora, sintió la presencia de espectros maléficos salivando de ansiedad ante el suculento bocado de las almas; escuchó el susurro de Lucifer, Belcebú, Satanás y Barrabás, vaticinando en coro un final funesto; y cuando el agua entraba a borbotones en el camarote, unas manos ásperas se aferraban a sus piernas, tratando de arrastrarlo hasta los avernos, y él se defendía asestando patadas y agarrándose fuerte, hasta liberarse de esa bestia. Una noche entera duró la batalla contra la furia de los elementos. Dos de los marineros se perdieron en la profundidad del océano; un tercero quedó herido, con el cráneo abierto; y Benjamín resistió, anulado por el pánico, pero en cuerpo ileso.

A la mañana siguiente un denso manto gris siguió gravitando en el cielo, con su giro amenazante, exhalando un vapor gélido y viscoso que bajaba sobre las aguas, impregnando la trainera, todavía a la deriva de puro pavor. Lo normal en esta región era que el viento soplara de sur a norte, pero aquella tempestad había arremetido del revés, de manera que los ecos de la tormenta siguieron empujando la embarcación hacia el sur durante un par de días. El viento aún era fuerte, y la marejada incómoda. Y el motor, inundado, había dejado de funcionar, igual que la radio y todo el sistema eléctrico.

El marinero superviviente, con la cabeza reventada, había insistido, en medio de sus delirios, en que debían recuperar el motor como fuera, pues con el combustible que tenían, si se alejaban más de 300 millas, ya no podrían regresar a la costa. Por ello Benjamín había pasado estas dos jornadas achicando el agua como pudo, hasta dejar seco el rincón de la maquinaria. Pero no había manera de arrancarla… Siguió las instrucciones del compañero malherido para desmontar algunas piezas e ir secándolas. En un momento de agotamiento y desesperación, subió para respirar aire fresco en la cubierta. Entonces, en medio de aquel escenario tenebroso, quedó absorto al divisar una enorme masa en el horizonte: era un iceberg de unos doscientos metros de largo, y más de cincuenta de altura. La trainera y el coloso se iban aproximando el uno al otro, despacio pero inexorablemente. Sin embargo, era tal la magnificencia de aquel bloque de hielo, que el temor de Benjamín quedó eclipsado por un sentimiento de admiración rayano en lo religioso; era la primera vez en su vida que contemplaba una cosa así, y la emoción le había dejado absorto y doblegado, diríase ante la adoración de un dios. Ya cerca de él, percibió nítidamente un bajón brusco de la temperatura, recibiendo un bofetón de frío como el que se siente al abrir una nevera; apenas habría tres o cuatro grados. La bofetada, por cierto, también le alertó al instante, haciéndole comprender que debía hallarse muy cerca del límite sin retorno de las 300 millas, pues era en esas latitudes donde empezaba a encontrarse uno con el hielo antártico. Entonces, en medio de aquella serenidad y solemnidad, y por eso de que la Naturaleza tenía una capacidad infinita para sorprender, descubrió sobre el iceberg otro elemento extraño: era un pequeño pingüino, tan solitario y asustado como él, y seguro que igual de impávido al contemplar la trainera. Pero al ver aquella forma de vida, sobreviviendo en su situación extrema, recordó los principios de la superación, e impulsado por un torrente de ánimo descendió a la sala de máquinas y reanudó su lucha por encender el motor. Ensambladas al fin las piezas, fracasó al primer intento, y también al segundo. Pero con el tercero, escuchó un amago de arranque… Su compañero esbozó una tétrica sonrisa, con la mirada llena de esperanza, y le apremió para intentarlo una vez más. - ¡Ya lo tienes! – Y no fue a la cuarta ni a la quinta, pero a base de insistir, despertó por fortuna aquella chatarra perezosa emitiendo su característico ronroneo, y exhalando humareda, haciendo gobernable nuevamente la trainera. - ¡Rumbo norte, amigo!

Habían vencido a la mar.

Dos días tardaron en divisar otra vez el Cabo de Hornos. Era curioso comprobar cómo una roca inerte podía inspirar temor, cual si fuera un gigante dormido. No quisieron acercarse a ella, recordando la tragedia de la tormenta…; viraron hacia el este dando un rodeo irracional, y se dirigieron después al Canal de Beagle, donde estaba Ushuaia. De camino, apenas alcanzada la isla chilena de Navarino, avistaron las cuatro o cinco casas del pequeño Puerto Toro. Sabían que se agotaba el combustible, de manera que, sin pensarlo dos veces, se aproximaron a su embarcadero. No podrían haberlo calculado mejor, ni haber tenido mayor fortuna…; a sólo 3 metros del muelle, el motor se caló. De hecho atracaron impulsados por la inercia.

Allí les estaba esperando el carabinero que vigilaba el tráfico marítimo, receloso de que no hubieran respondido a las llamadas de radio. Pero en cuanto vio los destrozos evidentes de la embarcación, y el cráneo abierto del marinero, comprendió que habían tenido problemas y les dio auxilio. Según les hospedó en su casa, su esposa preparó comida caliente, y el hombre se encargó de atender al malherido con los útiles del botiquín. Después llamó por radio a la estación militar de Puerto Williams para que enviaran un helicóptero de evacuación.

Benjamín, agotado y tembloroso, contemplaba todo en silencio sentado en una silla, con una manta sobre los hombros, sin acabar de creer que todo hubiera terminado. Pero al verse a sí mismo ileso, a fin de cuentas, evocó el recuerdo de su padre, y pensó que quizás lo de la tempestad no había sido para tanto… Incluso en el peor de los casos – empezó a razonar – si hubieran sido arrastrados definitivamente hasta el Polo Sur, habrían podido alcanzar alguna de las estaciones científicas que abundaban por la zona, salvando también el tipo. Quién sabe... El caso era convencerse de que para todo problema había alguna solución; de que por mucho que reventaran los aparejos, o dejara de funcionar el motor, la inventiva humana siempre se las ingeniaba para encontrar una salida, resistiéndose a darse por vencida; todo debía intentarse con determinación, con tal de luchar por la vida; y en el peor de los escenarios, antes de ceder a la desesperación, recordar que siempre será posible acudir a una última opción: rezar...; rezar hasta la muerte invocando la salvación.

Todo esto le inspiró el recuerdo de su padre, cuya experiencia y ejemplo de tenacidad había sido infinitamente mayor, pues, judío como él, tuvo la desgracia de padecer el horror del holocausto de la Segunda Guerra Mundial, cuando vivía en el gueto de Varsovia. Allí conoció las profundidades cavernosas del alma humana, descendió al corazón de las tinieblas, y encontró el panteón donde habita la raíz del grito. Cuatro años duró su infierno, y aun así sobrevivió, esquivando cada día la embestida de la muerte con una nueva astucia, con un nuevo engaño, hasta burlar su proyecto macabro. Cuatro años de lucha, pero al fin venció. Y entonces pensó que quizás lo de la guerra no había sido para tanto... Porque recordó que su capacidad para luchar y resistir la había heredado de su abuelo, que a su vez la recibió de su padre, y de otros varios antepasados que vivieron tiempos peores. La tradición podía remontarse, incluso, hasta el siglo XIV, en que vivió otro de sus egregios ancestros. Éste residió en Londres en el año de Nuestro Señor de 1.347, precisamente cuando la ciudad fue asolada por el azote de la peste. Se dice que la epidemia se llevó por delante al 60% de los londinenses... Es difícil imaginar las casas y calles sembradas de cadáveres, con el hedor de la podredumbre, y la sombra de la muerte acechando en cada esquina. Es difícil imaginar la lucha contra un enemigo invisible, sin voz, que sólo entiende la razón del exterminio, carcomiendo la carne del cuerpo, devorándolo por dentro, hasta sofocar el latir del alma. Pero el ancestro sacó fuerzas de flaqueza y venció a la impía enfermedad. Allí resistió valeroso defendiendo su miserable vida. Y entonces pensó que quizás lo de la enfermedad no había sido para tanto... De hecho no se sintió héroe, ni tan siquiera orgulloso, pues recordó que la muerte del 60% de sus paisanos había sido poco comparado con la leyenda que le contaron: Se supo de un hombre en cuyo tiempo, sencillamente, fue aniquilada por completo la humanidad a causa de un diluvio. Sólo su familia se salvó, pues incluso ante una tragedia tan definitiva, tuvo la astucia de fabricar un barco, y en él cobijó también a dos ejemplares de cada especie animal, macho y hembra, para su salvación y sustento. Salvó con ello a dos arañas, a dos lagartos, a dos gatos y perros, a dos leones, a dos búfalos, elefantes, jirafas y hienas, a dos caballos, a dos ovinos, vacunos y puercos, y seguro que, entre otros muchos, también a dos bonobos.

¡Dos bonobos! – pensó Benjamín -. El pasado de la Humanidad ha sido más trágico que el presente... No será el fin del mundo si mi joya la robaron dos bonobos. Seguro que saldré adelante.

CRÓNICA DE UN NÁUFRAGO

Ya sabía yo que mi pereza algún día me traería algún disgusto… ¡Maldita sea! Me he quedado dormido en este iceberg, y se ha adentrado tanto en el océano que ya no puedo regresar nadando hasta mi colonia. Ni siquiera sabría con certeza hacia dónde nadar, pues he perdido de vista el hielo firme de la Antártida, y aquí estoy más solo que la una, rodeado de la nada, navegando a la deriva. Tengo una ligera idea de dónde está el sur, y con él mi hogar, pues aquí los vientos suelen soplar desde allí hacia el norte; y también he visto por dónde ha salido el sol, pero he olvidado el punto exacto. ¿Y si me arriesgo y me lanzo al agua?... Pero si me equivoco en la orientación, o al aire le ha dado por cambiar el rumbo…; en ese caso acabaría muerto. Además, quién sabe…; quizás flotando en el iceberg llegue a puerto seguro, antes de que se derrita, junto con mi vida. En la colonia, siendo crías, nos contaron la leyenda de un pingüino que apareció moribundo en la Península Antártica, aferrado al timón podrido de un barco despedazado, y que aseguraba haber conocido un Nuevo Mundo, más allá del océano, hacia el norte, donde vivían especies exóticas nunca vistas, y otras tribus de pingüinos adaptadas a climas cálidos. A ese lugar mítico lo llamamos Patagonia… Si no fuera sólo una leyenda, y este pedrusco helado aguantara sin derretirse, quizás podría llegar hasta ella. La comida no me preocupa. Esta región del océano es rica en *krill*, y basta con darme una zambullida cada mañana para llenar mi barriga. Aunque con esto del calentamiento global de las aguas, y la pesca furtiva con redes, los bancos de *krill* ya no son lo que eran, y espero que no desaparezca más al norte.

Ufff…, ya han pasado dos días y aquí no cambia nada. No se divisa otra cosa que no sea la inmensidad de las aguas. Ni siquiera he visto ballenas, o el vuelo de algún intrépido pájaro. La verdad es que estoy empezando a sentir una angustiosa soledad. ¡Madre mía, cómo echo de menos la colonia! El calorcito al estar todos agrupados, pescar en grupo, hacer los nidos, jugar, bañarnos…; y sobre todo, mi diversión favorita: deslizarnos por toboganes de hielo para estrellarnos contra el mar. Es curioso descubrir cómo la felicidad la dan los pequeños detalles, tan tontos como este, tan sencillos y cotidianos. En general, toda la vida de un pingüino *Gentoo* es sencilla, y en esa sencillez reside el éxito de nuestra sociedad.

Han transcurrido otras dos jornadas. La temperatura ha subido al menos cinco grados, pero parece que el iceberg sigue siendo estable. No así mi ánimo, pues me siento triste y enormemente aburrido. Sin embargo esta noche he gozado de un pequeño remanso de alegría, pues he tenido un sueño celestial: Un cúmulo de nubes borrascosas había cubierto todo el cielo, y con el frío que hacía, cualquiera diría que iba a empezar a nevar. De hecho, empezaron a verse en las alturas los primeros copos de nieve. Pero, ¡oh fenómeno prodigioso!, cuando los copos se fueron acercando vi que se hacían cada vez más grandes, y entonces me percaté de que no eran copos, sino las blancas barrigas de cientos de pingüinos que llovían del cielo. Todos ellos fueron cayendo sobre el iceberg, poniendo fin a mi soledad. Y enseguida empezamos a jugar a deslizarnos por los toboganes de hielo para zambullirnos en el mar. Así, a pesar de mi tristeza, he despertado con una sonrisa. Y es que soñar es la mejor medicina para los dolores del alma.

Otro día más. Por fin veo una mínima esperanza. El vuelo majestuoso de un albatros ha iluminado este amanecer más que los propios rayos del sol. Es cierto que estas aves pueden adentrarse cientos de kilómetros en el océano, mas tengo el buen presentimiento de que pronto veré tierra.

Y dos días más… Los albatros ya son mis compañeros de viaje cotidianos, pues se cuentan por docenas, y ahora alternan con algún que otro petrel. Sin duda estoy cerca de algún sitio. Lo malo es que hoy se ha hecho realidad el peor de mis temores: acompañado de un ruido atronador, se ha desprendido un tercio del iceberg, desplomándose sobre las aguas. Al caer ha generado una ola tan colosal, que ha tambaleado el entorno haciéndome caer. Menos mal que no he muerto aplastado por las moles del desprendimiento. Y, por eso de que las desgracias nunca vienen solas, cada vez me cuesta más encontrar *krill*, y no veo ningún otro alimento.

Un nuevo amanecer, ¡bendita Naturaleza! Al fin ha llegado mi salvación: ¡Veo tierra! ¡tierra! ¡tierra!... Por fortuna lo de la Patagonia no era una leyenda. El Nuevo Mundo existe, y estoy próximo a pisar sus hielos y arenas.
La sorpresa es que hay toda una multitud congregada para mi recibimiento. Se ve que es la primera vez en la Historia que llega un iceberg desde la Antártida hasta estas latitudes sin haberse derretido; y encima lo ha hecho transportando un pingüino. Eso sí, la única especie exótica que he distinguido ha sido la de los humanos, a quienes nunca antes había visto. Son bastante feos, pero según me han remolcado hasta la orilla, se han presentado muy amablemente, y una pléyade de fotógrafos me han disparado con sus cámaras durante varios minutos. Después ha hecho lo mismo todo el público que aguardaba expectante mi llegada. Acabo de descubrir el gusto por lo que ellos llaman *"darse un baño de masas"*.

A continuación me han llevado a un sitio enorme de piedra, con muchos adornos, conocido como *hotel*, donde me tenían preparada una lujosa habitación térmica, perfectamente aclimatada para mi condición. Allí me han presentado a varias personas, que según dijeron estarían a mi servicio: una bióloga personal para mis cuidados, un jefe de gabinete, un asesor de imagen, y dos guardaespaldas para evitar que me aplaste la multitud. También me han habilitado un *spa* de frío polar, donde, por fin, he entrado en compañía de unos cuantos sujetos de mi especie, para hacerme sentir como en casa. Aquello sí que lo he agradecido, sobre todo por el interés que he despertado entre las hembras. La primera precaución que ha tenido la bióloga ha sido analizar a fondo mi salud, y acto seguido se ha asegurado de que me trajeran un buen surtido de crustáceos, y por supuesto abundante *krill*, para devorarlo hasta la saciedad. Después me han permitido relajarme en el *spa*, mientras degustaba una singular bebida a la que llaman *Gin Tonic*, perfecta para la hidratación.

Por la noche he caído rendido, con unas ganas tremendas de dormir después de un día tan intenso. He cerrado los ojos pensando que hasta entonces había sido un simple elemento de una colonia; pero ahora me sentía especial..., triunfador..., admirado por todos; y aunque resultara vanidoso decirlo, también superior.

Al amanecer han continuado las sorpresas. Después de un generoso desayuno, me han metido en un vehículo muy largo que llaman *limusina*, y me han llevado a un Palacio de Congresos, donde la bióloga y otros científicos se han encargado de narrar mi hazaña. Dicen que soy una *"estrella mediática"*. Los periodistas no han parado de hacerme fotografías.

Habiendo pasado una semana de mi estrellato, el libro que cuenta los detalles de mi experiencia, con mi foto en la portada, está en los escaparates de todas las librerías. No paro de viajar y de ver sitios bonitos. A mi alrededor todo son lujos y atenciones, no me falta comida, y le he cogido el gusto a eso de los *Gin Tonic*. Pero estoy tan saturado de compromisos mediáticos, que apenas tengo tiempo para pensar..., para meditar..., para reflexionar sobre mi propia vida. Este entorno es tan tentador, tan deliciosamente absorbente, que anula, incluso, la necesidad de razonar. Basta con dejarse llevar por los placeres.

He vivido varios meses en este estado de deslumbramiento, propio del mundo de la fama. Sin duda ha tenido su gracia, pero la verdad es que pienso que, en el fondo, ha resultado un tanto ridículo, y sobre todo agotador. También el público ha terminado saturándose de mí, y poco a poco se ha ido diluyendo el efecto noticia de mi epopeya. Con ello, los propios patrocinadores han perdido interés, y se han lanzado a la búsqueda de otros eventos novedosos con que volver a captar la atención, y el dinero, del público. El resultado es que ahora me han trasladado a un parque acuático, con una enorme sala refrigerada a la que llaman *pingüinario*, donde comparto hábitat con otros doscientos ejemplares de mi especie. Aún sacan algo de partido a las últimas secuelas de mi fama, pero lo cierto es que muy pronto no seré nada.

En realidad ahora descubro que no he sido nada desde que viví separado de mi colonia; que mi larga y tortuosa travesía en el iceberg, en el fondo, ha sido un viaje a ninguna parte, cuyo destino me ha llevado a seguir siendo un náufrago…, un ser sin identidad ni rumbo condenado a vivir a la deriva. Yo era feliz con mi diversión favorita: deslizarnos por toboganes de hielo para estrellarnos contra el mar. Ese es ahora mi sueño.

Cada día veo desfilar por el *pingüinario* docenas de visitantes. A veces son familias, con sus crías. Pero también acuden personas solitarias. Ayer mismo me llamó la atención una mujer muy bien trajeada, con su maletín en la mano, que entró cuando casi estaban cerrando. Supongo que querría relajarse viendo un poco de naturaleza al salir de su trabajo. Lo curioso fue que se quedó mirándome con cierta serenidad, y una extraña expresión nostálgica, como si estuviera contemplando en mí el reflejo de su propia vida… Reconocí perfectamente su mirada; era la mirada de los náufragos. Todos tenemos la misma.

LA FLOR HUMANA

Cuando la doctora se detuvo frente al *pingüinario*, observó el ajetreo que armaban aquellos doscientos pingüinos, con todo su tumulto, y pensó que debían conocerse todos. El habitáculo era un enorme hemisferio acristalado, y aislado para mantener el frío, por cuyo perímetro discurría la pasarela de los visitantes. Entonces, sin necesidad de apartar la mirada de los animales, vislumbró también el reflejo del cristal, contemplando las personas que pasaban por detrás de ella, caminando sin hablarse, y sin el más mínimo interés de las unas por las otras. Aquello le hizo reflexionar sobre lo enormemente solos que podían llegar a sentirse los individuos, aun estando rodeados de gente. De hecho ella misma había padecido ese sentimiento…; esa terrible angustia de vivir como un insecto intruso, forastero y extraño, en medio de una colmena.

Recordaba con nostalgia el año que pasó en Extremo Oriente trabajando en su tesis de Antropología. Allí sí que vivió en un lugar curioso. Se trataba de una pequeña aldea rural de la Indochina, que subsistía con los cultivos del arroz, algunos bueyes, pocos cerdos, y las aves de corral. Aislada entre los montes, la población más cercana quedaba a tres horas en moto, transitando por caminos tortuosos, que además se hacían impracticables cuando llegaba la estación de lluvias, embarrándolo todo. No sólo no tenían médico ni escuela, sino que ni siquiera llegaba el teléfono ni la luz; la electricidad era para ellos poco menos que ciencia ficción.

Apenas residían medio centenar de habitantes, distribuidos en siete familias, con sus viviendas agrupadas, y las parcelas de arroz dispersas por los valles. Pero lo peculiar de aquella sociedad era el sentido de la colaboración que reinaba entre todos. Por ejemplo, al llegar la época de la siembra, en lugar de sembrar cada uno su campo, primero trabajaban todos juntos en la tierra del vecino A, luego pasaban a la de B, y así sucesivamente hasta que terminaban de sembrar todo. Lo mismo sucedía al llegar la estación de la recolección. Con ello, no necesitaba tener un buey cada familia, pues con un par de animales de tiro tenían suficiente para el arado de toda la aldea. Así, cada hogar tenía sus enseres, y todo era razonablemente compartido. Si había que encontrar una pieza para arreglar un freno de la moto, todos buscaban entre sus trastos hasta dar con aquella que sirviera. Si alguien caía enfermo de gravedad, ya se encargaban los vecinos de transportarlo, durante las tres horas que había de camino, hasta el médico del pueblo más cercano. Si las lluvias o el viento arruinaban algún tejado, todos acudían a repararlo. Y por supuesto, varias noches, cuando cesaba la jornada laboral, se reunían para disfrutar de sus modestas fiestas y actos sociales.

En definitiva, era una sociedad donde a los individuos se les educaba para colaborar, y no para competir, como sucedía en Occidente. Y eso fue lo que llamó la atención de la antropóloga.

Pero una vez concluyó su trabajo en aquella aldea, regresó a su país de origen, para vivir en su gran ciudad occidental. Fue entonces cuando empezó a padecer esa angustia de sentirse terriblemente sola, a pesar de estar rodeada de gente. Mas fue también cuando descubrió, a los pocos días, que había desarrollado un don prodigioso…

Se alojaba en la planta doce de un edificio de quince plantas, que albergaba en total a doscientos sesenta vecinos. Lo paradójico es que apenas conocía a un par de ellos, además del portero, pues eran los únicos que coincidían con ella en el ascensor, por tener horarios parecidos de entrada o de salida. Con algunos otros se cruzaba en el portal, o en los espacios comunes, pero la interacción no iba más allá del dar los buenos días, y a veces ni eso. Precisamente uno de sus dos vecinos conocidos, el del noveno, se caracterizaba por ser llamativamente arisco. Era un hombre recio, ya entrado en años, de vestimenta siempre oscura y vetusta, y cabizbajo por naturaleza. Según se lo encontraba en el ascensor,

33

los días laborables por la mañana, ella le saludaba por pura cortesía; pero a cambio recibía un murmullo sofocado, casi como un gruñido, y después seguían descendiendo los dos en silencio. En cuanto al otro, mucho más dicharachero, vivía en el piso quince. A éste sólo le veía de vez en cuando, pero sabía más de él que del arisco, porque al menos se comunicaba. Era uno de esos homosexuales elegantes y con orgullo, que nunca se separaba de su perrita, a la que adoraba con locura. "A esta le enseñas un billete de quinientos euros, y ni lo huele" – decía el hombre para presumir de ella – "Es más honrada que cualquier humano."

Otro fenómeno interesante era el que tenía lugar con su vecina de piso, la que vivía al otro lado del tabique. Jamás la había visto en persona; simplemente escuchaba el sonido de la llave al abrir su puerta, al final de la tarde, y ese mismo sonido muy temprano por la mañana, cuando salía a trabajar. Todo lo que sabía de ella lo fue descubriendo porque a veces se escuchaban sus conversaciones al otro lado de la pared, sobre todo cuando hablaba por teléfono. Vivía con su hija, de cinco años. Debía ser bastante joven, a juzgar por el timbre de su voz; y daba la impresión de llevar una vida un tanto triste. Una noche incluso la escuchó llorar mientras conversaba con una amiga. La antropóloga, intrigada, no pudo evitar la tentación de correr hasta el tabique del salón, y pegar la oreja para no perder detalle de la audición. El drama consistía en que acababa de conocer a un chico interesante, que le gustaba, pero no había podido aceptar su invitación para cenar porque no tenía con quien dejar a la niña.

En realidad había muchos más dramas en el edificio, de mayor o menor envergadura. El que estaba más enterado de todos ellos, por supuesto, era el conserje. A través de él, por ejemplo, se enteró de que un joven estuvo a punto de morir asfixiado por clavársele en la garganta una espina del pescado que estaba comiendo. El pobre chico vivía solo, no tenía quien se la sacara, y tampoco podía llamar a los servicios sanitarios de urgencias porque no podía articular palabra por el móvil. Se salvó a costa de practicarse una aparatosa traqueotomía, con admirable determinación y valor, usando un punzón de carpintería.

A otro vecino se le había inundado la cocina al reventarle la tubería de la lavadora; al suceder aquello en domingo, no pudo encontrar fontanero hasta pasadas varias horas. Lo que podía haber sido una cosa de nada, solucionando el problema cuando todavía era pequeño, acabó así por convertirse en una catástrofe.

Y a todo eso se unían las víctimas del extendido crisol de las enfermedades urbanas, como los que padecían estrés, ansiedad o depresión. Tampoco faltaban, cómo no, otro tipo de desgraciados, como los resultantes de las rupturas de parejas, viudas melancólicas deseosas de que el Señor se las llevara pronto, o los sujetos arrastrados al desempleo. No es, ni mucho menos, que toda la comunidad fuera así; pero entre doscientos sesenta vecinos, era fácil dar con ejemplos de todo.

En este estado de cosas, fue donde la doctora antropóloga descubrió que al partir de Extremo Oriente se había traído con ella un misterioso don. Por extraño que pareciese, al llegar la primavera empezó a salirle un polvillo amarillo en su hermosa melena rizada y oscura, como si fuera caspa. Aunque al principio se preocupó, no tardó en concluir, con asombro, que se trataba de polen…; de una extraña variedad de polen.

El caso fue que salió a su terraza para espolvorearlo, y vio con asombro que al instante acudieron algunos insectos polinizadores. Pronto se vio rodeada de inofensivas abejas y mariposas, que se fueron impregnando de polvillo, a la vez que un suave viento le agitaba los cabellos. Al cabo de varios minutos, ya no quedó ni rastro del pigmento amarillo. ¡Qué brotará de aquello! – pensó -.

¡Y lo que brotó fue realmente mágico…! Parte del polen fue a parar a la terraza de un vecino de enfrente. Cuando éste salió a respirarlo, la doctora vislumbró, con gracia, que era un gay amanerado hasta la médula. Y allí no acabó lo cómico, pues coincidió que también el vecino del quince estaba tomando el sol en su terraza, con su inseparable perrita, y percibió lo mismo. Ambos tardaron poco en entablar conversación, a grito pelado y sin complejos, y fue así que se conocieron e iniciaron su relación de pareja.

Otros granos de polen dieron con el hogar de otra vecina, licenciada en pedagogía, que en sus ratos libres se sacaba unos dineros adicionales cuidando niños, afición que hacía encantada. Esta pedagoga y la chica de la niña que vivía al otro lado del tabique, coincidieron en la portería, y por casualidades de la vida, resultaron ser la una solución de la otra. La primera mejoró su modesta economía, y la segunda ya tenía quien cuidara de su hija, y así pudo acudir a sus citas con el chico que le gustaba.

También resultó irónico lo que le sucedió al joven que se practicó la traqueotomía: ni por un momento imaginó que el vecino que tenía puerta con puerta era médico cirujano, y su esposa enfermera. Le habría bastado con llamar a su timbre, en medio de su agonía, para haber solventado su desgracia. El médico, bajo los efectos del polen amarillo, al enterarse de aquello, a través como siempre del conserje, decidió ponerse en contacto con el presidente de la comunidad de vecinos, para que se supiera en adelante dónde vivía, en caso de urgencia.

Es fácil adivinar que en esos días prodigiosos también se descubrió que había un fontanero alojado en el edificio. Y asimismo había un par de mujeres psicólogas, la una especializada en enfermedades psíquicas, y la otra en rupturas de parejas. La comunicación entre todos los vecinos empezó a fluir de manera admirable.

Sin duda, la vorágine urbana de las grandes ciudades levantaba muros entre las personas, más robustos que los propios tabiques de sus viviendas. Pero una flor prodigiosa había esparcido, por fin, su polen. Llegada la primavera, el hormigón y el acero habían sido vencidos por el paso arrollador de la Naturaleza.

Nuestra antropóloga, por todo ello, entró feliz en el ascensor un lunes por la mañana, para acudir al trabajo. Al pasar por el noveno piso, el aparato se detuvo, como casi siempre, y se abrió la puerta para dar entrada al vecino arisco. También, como siempre, la doctora le saludó, y recibió un gruñido por respuesta. Pero esta vez, quizás porque prestó un poco más de atención, cayó en la cuenta de que aquel gruñido tenía algo extraño... Entonces miró al señor, le cogió con confianza la mano, éste levantó su rostro, y, hablándole frente a frente, comprendió que el pobre hombre no era arisco, ¡sino sordomudo!

Al salir del portal echó un vistazo al gato que husmeaba en los contenedores de basura, y en medio de su felicidad general, al ver aquella escoria, no pudo reprimir un amargo efluvio de culpabilidad. Pero por fortuna, el polen también le había liberado a ella.

SIETE VIDAS

Los seres humanos son unos guarros; es increíble la cantidad de basura que generan. ¿Saben, por ejemplo, que un tercio de los alimentos producidos en el planeta se acaba echando a perder? Luego dicen que hay hambre en el mundo… Y aunque es cómodo atribuir la culpa a los gobiernos y otros entes exógenos, la realidad es que de esto son responsables todos y cada uno de los individuos, pues cada cual es amo y señor en su casa, y por tanto autor material de su despilfarro. En este asunto, por eso, el mundo es como es, porque a nivel individual la gente se comporta como se comporta. No hay excusa.

A los gatos, de todas formas, nos viene bien, pues encontramos los contenedores rebosantes de comida. Aunque cada vez hay que tener más cautela con lo que uno se echa a la boca. De hecho, en parte por esto, yo ya agoté seis de mis siete vidas, y vivo con el corazón en un puño por conservar la séptima.

La primera la perdí en este mismo barrio en el que vivo. Los gatos, como los mendigos, somos territoriales; y yo logré hacerme fuerte en la esquina del edifico de las quince plantas y doscientos sesenta vecinos, que contaba con cuatro contenedores de residuos, ¡nada menos! Un inmueble así es un paraíso para un felino…; y no digamos si además hay un restaurante en los bajos, aunque ese no era el caso. Pero, como digo, cada vez había que ser más cauteloso al seleccionar los bocados, y eso lo aprendí tras pegarme un atracón con los restos de un pescado que estaba contaminado con mercurio. Mi cuerpo agonizante lo encontraron los compañeros del siguiente turno, pues yo ostentaba también el derecho de ser el primero en hurgar por los contenedores. Tirado de perfil sobre el frío pavimento, en medio de la oscura noche, sin poder moverme, iba siendo devorado por un agudo dolor, que comenzó en mis tripas y se había extendido rápidamente por todo mi organismo. Apenas respiraba ya, ni me fluía la sangre. En medio de mis delirios escuchaba, casi como un eco sobrenatural, los comentarios dramáticos de mis congéneres: Ha sido el pescado, sin duda; ya estamos otra vez con lo mismo. El mes pasado le tocó la china al compañero de la calle Prevaricador Mensalvo, en la esquina con Corrupto Maroto. Sí – dijo otro – pero eso fue por el plástico…; cada vez abunda más la pesca con restos plásticos. Dicen que en todos los océanos se han formado verdaderos continentes de inmundicia, y que la fauna marina se alimenta irremediablemente de ella.

Poco a poco aquellas voces se apagaron para mí. Mi espíritu abandonó el cuerpo, y comenzó a levitar en una especie de viaje astral, liberado al fin de dolor. ¡Pero ni luz al final del túnel, ni leches! Aquello estaba más oscuro que la boca del lobo. Eso sí, con una sensación de paz y serenidad inefables. Simplemente flotaba en la oscuridad, con una tenue sensación de movimiento, quizás ondulante, y sin dirección definida. Flotar, flotar, flotar, en la oscuridad, oscuridad, oscuridad…; sin el paso del tiempo, y sin dolor.

Una vez reencarnado en mi segunda vida, descubrí que estaba inmunizado frente a las toxinas de mercurio en el pescado, como si la metempsicosis hubiera tenido los efectos de una vacuna. Mas duró poco mi alegría: En esta ocasión me tentó el festín que unos jóvenes universitarios habían organizado en un parque. Habría más de quinientos adolescentes congregados. El olfato me fue arrastrando, seducido por olores inverosímiles totalmente nuevos para mí, y, poco a poco, con sigilo, me fui infiltrando en distintos grupos. Primero di con unos deliciosos bocados de atún y alguna aceituna; pero los dueños me pillaron después esnifando un polvillo blanco que había a su lado, y me propinaron tal patada en las costillas, que se me cortó la respiración, y salí despedido hasta estrellarme contra un árbol. Repuesto del golpe, la sed me pudo, y busqué entonces otro grupo de jóvenes que custodiaba varios líquidos de los más variopintos colores. Uno tras otro, los fui probando todos. El cóctel resultó delicioso, pero también explosivo. A los pocos minutos perdí por completo el equilibrio, y mi mente mareada pareció levitar en vida, migrando a dimensiones ultra sensoriales jamás exploradas. Sin embargo duró poco mi agonía, pues caí fulminado al instante por una parada cardiorrespiratoria. Nadie lloró mi cuerpo. Supongo que lo recogerían los barrenderos. Y en cuanto a mi alma, volvió a flotar, flotar, flotar, en la oscuridad, oscuridad, oscuridad…; sin el paso del tiempo, y sin dolor.

En mi tercera vida, como cabía esperar, desperté inmunizado frente al consumo de alcohol y estupefacientes. Pero, por paradójico que parezca, volvieron a ser ellos los responsables de mi nueva defunción, no por ingerirlos yo, sino por haberlos ingerido otro. Apenas llevaba tres malditos días en este mundo cuando un conductor borracho, y colocado hasta arriba, arremetió contra mí en la calle principal del barrio. El condenado no frenó…; lo más probable es que ni siquiera me viera, siendo yo tan negro como el alquitrán que pisaba. El caso fue que mis sesos aparecieron esparcidos por el asfalto, mientras el resto de mi cuerpo aún palpitaba en frenéticas convulsiones. Curiosamente, en medio de mi levitación, ya muerto, escuché las voces de varios felinos que habían contemplado la tragedia desde las aceras, como si persistiera algún nexo de unión entre el mundo terrenal y el de los ausentes. No somos nada – decían –. Los peligros urbanos nos acechan por todas partes… Y poco a poco se fueron difuminando las voces, y volví a flotar, flotar, flotar, en la oscuridad, oscuridad, oscuridad…; sin el paso del tiempo, y sin dolor.

Sin duda estuve siendo víctima de una racha endemoniada, y casi macabra, pues mi cuarta muerte también fue por atropello. Se dio el agravante, además, de que en esta ocasión me encontraba en un cruce con semáforo, dispuesto a cruzar por el paso de cebra, pues ya había aprendido que, siendo yo negro, era mejor que me moviera sobre fondos blancos. Pero por mucho que uno tomara precauciones, la tragedia podían provocarla las imprudencias de otros. En efecto, hacía tiempo que a los peatones de la gran ciudad les había dado por caminar con unos tapones en las orejas que emitían música. Los gatos escuchábamos perfectamente esos sonidos, pues nuestro oído es decenas de veces más agudo que el de los humanos. El problema es que aquel vicio les tenía muchas veces distraídos. Y así sucedió aquel fatídico día con la jovencita de trenzas, que comenzó a cruzar la calle a pesar de tener el semáforo luminosamente rojo. Sus tapones musicales ni siquiera le permitieron escuchar los bocinazos del Land Rover, ni el estridente chirriar de las ruedas cuando su impávido conductor frenó de súbito. ¡Pero no…, a ella no le pasó absolutamente nada…! El coche derrapó al esquivarla, y fue a estrellarse contra el poste del semáforo; precisamente del semáforo donde yo me hallaba. Mis sesos volvieron a quedar esparcidos por el asfalto, y mi cuerpo incrustado en el radiador del vehículo. En cuanto a mi alma, volvió a flotar, flotar, flotar, en la oscuridad, oscuridad, oscuridad…; sin el paso del tiempo, y sin dolor.

Harto de los peligros de la calle, esta vez imploré al destino para reencarnarme en mascota, y así llevar una vida de lujo y sosiego en el apartamento de una familia humana. Mis plegarias fueron escuchadas, y felizmente atendidas. Pero, ingenuo de mí… Lo que se dice lujo, sí lo tuve; pero sosiego, nada de nada. En aquel hogar la violencia de género campaba a sus anchas. Marido y mujer se liaban a gritos semana tras semana, y aunque nunca llegaban a las manos, el escenario era nítidamente bélico. La verdad es que uno se preguntaba qué tipo de atracción encontraría aquel matrimonio en mantener esa situación tan armoniosa… Pero yo iba a lo mío, con mi tazón de leche, la comida que nunca me faltaba, y mis baños de espuma. Mi error consistió en no darme cuenta de que, aunque no tomara parte en la contienda, estaba ligado de facto a uno solo de los bandos, pues yo era la mascota de la señora, y al marido le importaban un bledo los gatos. De manera que la venganza se cebó sobre mí… Bastó una mañana más acalorada que de costumbre, para que aquel hombre perdiera los estribos y arrebatara a su esposa lo que más quería: su entrañable, peluda y lindísima mascota. Las manazas que me estrujaron el cuello no me dejaron decir ni "miau", y el seco crujido de mi nuez fue lo último que escuché. Mi cuerpo inerte fue lanzado con desprecio por el balcón, precipitándose siete pisos abajo, hasta estrellarse contra el suelo del jardín, donde los hijos de los vecinos jugaban, inocentes, antes de quedar mudos ante la macabra visión de mi cadáver. Dicen que se formó un griterío de órdago, y que el suceso llegó a los oídos de la Sociedad Protectora de Animales, armándose un gran revuelo con aquello de nuestros derechos. Desde entonces trataron de incluir a las mascotas dentro del grupo de víctimas de la violencia doméstica. Pero para mí ya era tarde… El hecho era que yo estaba otra vez muerto, y mi alma, volvió a flotar, flotar, flotar, en la oscuridad, oscuridad, oscuridad…; sin el paso del tiempo, y sin dolor.

Por aquello de dar una segunda oportunidad a la vida hogareña, mi sexta reencarnación volvió a materializarse en la vivienda de un humano. Esta vez sí conseguí vivir a lo grande, y durante varios años. Pero nunca logré explicarme de dónde provenía tanto lujo, habida cuenta de que mi dueño no se caracterizaba por ser especialmente trabajador. Finalmente descubrí que la basura de este país no estaba únicamente en los contenedores… El día que se presentó la policía judicial y empezó a revolverlo todo, intuí que mis días de relax se habían terminado. Pero lo que ni por un momento imaginé fue que las culpas se fueran a descargar sobre mí… Comoquiera que estos tipos de la política tenían una habilidad excepcional para enredarlo todo, y que las cosas parecieran lo contrario de lo que realmente eran, acabó resultando que un dinero que robó apareció en una cuenta a mi nombre, en no sé qué paraíso del que yo nada sabía ni me importaba. El caso fue que hacía falta encontrar un culpable a toda costa; y si robar era propio de los humanos, también lo era el echar después la culpa a otros…, aunque fuera a su propio gato. Y como la sociedad, a fin de cuentas, lo único que exigía era carnaza para saciar sus ansias de linchamiento, lo mismo daba satisfacerles con un carnero que con un gato. Aquella funesta mañana la policía se presentó, con pompa y estruendo, seguida de toda la prensa. Ya me habían imputado; tenían que llevarme preso. Pero cuando irrumpieron en el recibidor fue demasiado tarde: Antes que sufrir la vergüenza de mi ejecución, siendo inocente, me armé de valor, abrí las llaves del gas de la cocina, y me tumbé sobre los quemadores minutos antes de que aquellos hombres entraran. Una vez moribundo por la intoxicación, reservé mis últimas fuerzas para presionar con la pata el clic del encendedor. Y como si de una pira funeraria se tratara, al estilo de un héroe vikingo, aquello ardió como el infierno incinerando mi cuerpo egregio. Nunca me arrepentí de mi suicidio, y mi alma, volvió a flotar, flotar, flotar, en la oscuridad, oscuridad, oscuridad…; sin el paso del tiempo, y sin dolor.

Ahora vivo mi séptima y última vida otra vez en los contenedores. Y viendo que mi final definitivo se acerca, no puedo sino lamentar lo corto y tortuoso que ha sido este tránsito. Mi tatarabuelo, que era gato montés, quizás lo tuvo más difícil para encontrar comida, cazando y rapiñando en las montañas. Sin embargo cada una de sus vidas le duró tanto como las siete mías juntas; y así fue que aún vivía cuando yo nací. Él fue un animal feliz, porque habitó en su entorno. Pero yo no lo soy… ¡cómo podría serlo! Habitando esta nueva selva, de hormigón, acero y asfalto, cualquier grito de auxilio, o el simple piar de un pájaro, quedará siempre sofocado por el ingente ruido de la masa. Y el olor de la flor, bien lo sabe el olfato del gato, ha quedado sepultado bajo el hedor inmundo de la basura.

LA CHICA DE LAS TRENZAS

Cuando María Angelina caminaba distraída escuchando música con su Smartphone, ni siquiera se percató de que había cruzado la calle con el semáforo en rojo. Es más, tampoco fue consciente de que un vehículo frenó en seco y, al esquivarla, se estrelló contra un poste, matando a un gato. Sin embargo no fue eso lo más relevante que le sucedió aquel día, aunque tampoco de lo otro fue consciente.

Cuando cruzó esa calle, se dirigía a la parada del autobús para regresar a su casa, como era su costumbre al terminar la jornada. Como siempre, había una cola de unas diez personas, todas esperando en silencio, y algunas, como ella, también con auriculares en los oídos. Llegado el transporte, el conductor abrió la puerta y los pasajeros comenzaron a subir en orden, mostrando sus billetes electrónicos. Y allí, durante el viaje, empezaron a sucederse una serie de acontecimientos, nuevamente al margen de la atención de María Angelina.

Si no hubiera tenido la vista concentrada en la pantalla de su aparato, se habría dado cuenta de que el joven que subió detrás llevaba varios días observándola. De hecho, había ajustado sus horarios para coincidir con ella, atraído, al principio, por el sutil detalle de sus trenzas. No estaba de moda, en absoluto, llevar ese peinado, pero él pensó que le quedaba muy bien, y que reflejaba su cariño y cuidado por la posición de cada uno de sus cabellos. Ambos avanzaron hasta el final del autobús, y los dos se sentaron, uno enfrente del otro; ella por puro azar, y él, por supuesto, de manera totalmente deliberada.
Estando ya en marcha, si no se hubiera entretenido en mandar mensajes a una amiga, se habría percatado de que el joven, sentado enfrente, era uno de aquellos con cara tímida y gafitas redondas

que tanto le gustaban, por ese aire de mansedumbre e intelectualidad que transmitía.

Si hubiera levantado la vista de su móvil tan sólo unos centímetros, habría visto, además, que el muchacho llevaba una revista de viajes. En realidad versaba sobre investigaciones científicas de la Naturaleza, pues Andrés Medina, que así se llamaba, era fotógrafo de fauna y flora, y de todos los maravillosos paisajes de la geografía. Aprovechando que no tenía familia, había aceptado uno de esos trabajos en que pasaba varios meses al año viajando por países exóticos, y a veces incómodos, perdido por selvas, mares, montañas y desiertos, donde hacía sus indagaciones. Viajar era la pasión frustrada de María Angelina.

Si no hubiera estado escuchando música con los auriculares, habría oído la voz del joven, excusándose con cortesía tras pisar levemente su pie, en un intento desesperado de llamar su atención y compartir un segundo de su vida. Pero ella seguía mandando mensajes con su aparato.

Era la paradoja del siglo de las telecomunicaciones: podías estar contactando con gente del otro lado del globo, o recibir información desde diez mil kilómetros de distancia, y, sin embargo, no ser consciente de que lo más importante de tu vida estaba sucediendo en ese instante, delante de tus propias narices.

María Angelina nunca supo que aquel día, a través de la ventana del autobús, podía verse nieve en pleno verano; ni que llovieron pétalos de rosa; ni que sus rubias trenzas, cobrando vida, estuvieron entrelazándose, abrazadas, uniendo sus extremos en un beso de pasión. No supo que la magia existía, ni que estaba rodeada de amor.

La parada del joven era la anterior a la suya, pero hacía varios días que él dejaba pasar su estación de largo para bajarse en la misma, pues le gustaba seguirla hasta el portal de su casa, apurando hasta el final el goce de su presencia. Una vez ella entraba dentro, el ensueño se desvanecía, y todo terminaba hasta la tarde siguiente.

El pequeño apartamento de María Angelina tenía otros aparatos tecnológicos. Sobre la mesa del salón estaba, por ejemplo, su ordenador portátil. Qué duda cabe, que las nuevas tecnologías ofrecían unas ventajas impresionantes…; pero era importante tener presente que no dejaban de ser herramientas. Y el problema es que para muchas personas, el teléfono móvil, especialmente, era poco menos que una mascota, hasta el punto de ser confuso distinguir quién era dueño de quién. En el caso de nuestra chica de las trenzas, si le sonaba el Smartphone estando en otra habitación, corría a por él de inmediato como si hubiera saltado una alarma contra incendios; si sonaba mientras veía una película, abortaba el encanto cinematográfico para atender la llamada; si le pillaba duchándose, lo cogía con su mano enjabonada y chorreando agua.

Desde que el mundo es mundo, los esclavos han padecido la tiranía de sus amos. Y el Smartphone de María Angelina también optó por mostrar su poder: En esa tarde de verano se sentó en el sofá del salón, encendió su portátil, y comenzó a descargar unos vídeos de Internet. A metro y medio había dejado su móvil conectado al cargador para llenar la batería. Pero cuando llevaba varios minutos así, y de forma súbita, escuchó cómo el teléfono estallaba, quién sabe si por defecto de fábrica o por un golpe de tensión en el suministro eléctrico. La mala fortuna quiso que, a la par que ella abría su boca para exhalar el grito por el susto, la tarjeta de memoria del aparato, que había salido disparada, se incrustara en lo más hondo de su garganta. Sus aristas afiladas desgarraron la laringe de la pobre muchacha, y quedó bloqueado cualquier posible acceso de aire a los pulmones. El agudo grito inicial se frustró con el impacto, tornándose en un lastimoso suspiro sangriento, enormemente doloroso.
Al momento fue consciente de que no había nada que hacer; la asfixia avanzaba a un ritmo implacable, y la lesión era demasiado profunda como para tratar de operarse por sus propios medios. Pero aprovechando sus últimos segundos de lucidez, aún tuvo

valor para escribir una nota en la pantalla de su ordenador, dirigida, precisamente, a la amiga con la cual estuvo intercambiando mensajes en el autobús. Esta vez, sin embargo, no le dio tiempo a pulsar la tecla para enviar el texto… Perdió el sentido, y falleció.

Pasaron más de veinte horas hasta que se descubrió el luctuoso accidente. Uno de los vecinos había percibido un ligero olor a quemado en la vivienda. Llamó al timbre de la puerta de María Angelina sin obtener respuesta y, pareciéndole extraño, decidió llamar a los servicios de emergencias.

Precisamente en ese momento, Andrés Medina regresaba a su casa en el autobús, como cada tarde. Y a pesar de no haber coincidido entonces con la chica de las trenzas, decidió pasar de largo su parada para apearse en la de ella, y tuvo curiosidad por acercarse paseando a su portal. Cuando vio de lejos la ambulancia y el ajetreo frente a la casa, sintió un escalofrío tétrico. De alguna manera, quizás porque su alma estaba conectada con la de la chica, intuyó que algo en su vida se acababa de desmoronar. Se abrió paso entre la gente, sin hacer preguntas a nadie. Subió tembloroso por la escalera, y encontró que una de las puertas del tercer piso tenía la cerradura reventada. Entró con indiscreción, como si fuera su propia casa, y allí, en el salón, encontró a un médico forense, a la policía, y al vecino que les había alertado. Tendida en el suelo había una larga bolsa de plástico, con una cremallera longitudinal, que contenía el cuerpo, ya frío, de María Angelina. Pensando todos, erróneamente, que quizás el intruso era su esposo, su novio, o de la familia, le explicaron la tragedia de lo sucedido. En realidad, viendo su aspecto, tenían un motivo para sospechar que el joven Andrés podía tener alguna relación con la chica.

- Ha escrito algo sobre usted en la pantalla del portátil – dijo el forense.

Andrés Medina, con la mente nublada de desesperación, y un intenso dolor en el pecho, se sentó en el sofá y leyó: *"Hace unos días que coincido en el autobús con un chico que me encanta. Es una monada..., con su cara tímida y sus gafitas redondas. Creo que le entusiasma viajar. Pero ya nunca sabrá que me gustaba. ¡Maldita sea!"*

Andrés pulsó la tecla de Enviar..., y lloró.

EL ANTIMOSQUITO

Al ver aquel hombre, cuerpo a tierra, fotografiando un ejemplar de *Mycena Luxaeterna*, el hongo bioluminiscente, supe que era una persona diferente, dotada de esa admirable sensibilidad para recrearse con las pequeñas cosas.

Todos los hombres blancos que visitan el continente africano, se obsesionan con ver leones cazando, elefantes, rinocerontes, guepardos, jirafas, las migraciones de los ñus, los gorilas de la selva, chimpancés... No se dan cuenta de que los especímenes más fascinantes de la fauna y la flora son los más pequeños; sobre todo, los insectos como yo: ¡el *Non-Anopheles*, o *Antimosquito*! Pfffffsssssss.

Se estima que el 80% de las especies animales del planeta aún no han sido descubiertas; yo soy una de ellas. Y es que en la Naturaleza, como en las personas, lo más interesante no es lo que conocemos, sino lo que nos oculta. Por eso me ha caído en gracia este fotógrafo...; porque el mundo es de los curiosos, de los intrépidos, de los que pasan sus días indagando en los misterios, explorando cada rincón en busca del conocimiento y, en última instancia, de la belleza.

Sí...; él ahora no me ve. Pero quizás le conceda el privilegio de descubrirme, haciendo sonar mi zumbido frente a él, posando con garbo para su cámara. Soy difícil de ver, pues duermo de día y vivo de noche, y soy de naturaleza oscuro; aunque si quiero puedo mutar mi aspecto mostrando un intenso color amarillo, casi luminiscente, que exhibo, por ejemplo, durante mi apareamiento.

También el hongo que está fotografiando mi amigo utiliza su bioluminiscencia nocturna para reproducirse, pues nos atrae a los insectos con su luz y, así, lo polinizamos. ¡Qué prodigiosa es la Naturaleza! ¿Verdad? Pfffffsssssss.

Y hablando de prodigios, aún no he contado en qué consiste el mío, y por qué me llamo *Antimosquito*. Pues verán: mi asombrosa peculiaridad reside en que mi picadura no molesta ni enferma a la gente, sino que la sana. En efecto, soy portador de un parásito, el *Antiplasmodium*, que paradójicamente es enemigo letal del que provoca la malaria. ¡Sí, han oído bien!, si pico a un enfermo de paludismo, se cura.

Hace varias décadas los de mi especie pensábamos que la Humanidad se llevaría una gran alegría cuando nos descubrieran; incluso hubo tentaciones de provocar, al fin, el encuentro. Pero hoy en día, con los tiempos que corren, sospechamos que puede ser una temeridad… Sacar a la luz nuestro remedio podría suponer un serio perjuicio para la industria farmacéutica, que vende los tratamientos preventivos contra la malaria; también daría al traste con el dinero invertido en la investigación de la vacuna; incluso las empresas vendedoras de repelentes para mosquitos se alarmarían. Todos ellos se unirían en un singular sindicado del crimen para exterminarnos, antes de que el público conociera nuestra existencia. ¡Qué horror! Pfffffssssss. Así lo ve nuestro Consejo de ancianos, aunque es sólo una hipótesis fatídica. En cualquier caso, creo que no pasará nada por exhibirme frente al fotógrafo, siempre y cuando me esfume después.

Si los humanos supieran todo lo que les queda por descubrir… Lo malo es que con esto del cambio climático, muchas de las especies desconocidas, con sus virtudes anónimas, van camino de extinguirse sin siquiera haber sido descubiertas.

Entre los pólipos de coral, por ejemplo, que habitan al norte de mi isla, bajo las aguas cristalinas, conozco una especie que entusiasmaría al personal: de todos es sabida la cómica obsesión de los hombres calvos por recuperar su pelo, y la de las mujeres por eliminarlo de sus piernas; pagarían fortunas por solucionar cada cual su problema. Pues bien, precisamente los pólipos que se encuentran a barlovento del arrecife segregan una gelatina milagrosa que actúa de crecepelo, mientras los pólipos de sotavento producen el efecto contrario. Sin embargo, con el incremento de la acidez de las aguas, consecuencia a su vez del exceso de CO_2 en la atmósfera, estos corales tienen sus días contados; puede que no sobrevivan más de diez años. ¡Triste final! Y lo del pelo puede ser una cuestión baladí, pero el sexo y el dinero son palabras mayores, cuando hablamos de seres humanos. De hecho hay quien piensa que estos dos elementos son los grandes motores de la Humanidad. Pues sepan que en las profundidades marinas, allí donde no llega la luz del sol, habita una especie cuya hormona podríamos definir como "elixir de la felicidad". Al no haber en aquellas tinieblas distinción entre el día y la noche, este crustáceo, el *Eternus Copulandus*, vive apareándose las veinticuatro horas, de manera que, en cierto modo, su vida sólo consiste en eso. La tal hormona es perfectamente compatible con la biología humana, sin apenas procesamiento. ¡Menuda revolución social causaría su descubrimiento! Mas no sé si los propios humanos sobrevivirán lo suficiente como para hallarla, estando tan remota en el abismo y oculta en la oscuridad.

Definitivamente son más interesantes las cosas pequeñas. Y pensar que las personas utilizan despectivamente la expresión "cerebro de mosquito" para referirse a las gentes de poco entendimiento… ¡Qué sabrán! Más vale un cerebro pequeño pero bien utilizado, que uno grande y torpe, o desaprovechado.
El cerebro humano es tan grande que, con frecuencia, tiene demasiadas cosas metidas dentro; y, como suele decirse, los árboles no dejan ver el bosque. Pierde la orientación acerca de los valores que son realmente importantes. Colapsado por el bombardeo de información, ni siquiera encuentra momentos para realizar una actividad tan simple como pensar, y es por eso que los individuos se limitan muchas veces a comportarse como autómatas, sin esbozar reflexión alguna. Y es que, cualquier ser inteligente, debe reservar cada día unos instantes para la meditación. Eso es lo que le permite a uno planificar y prosperar en la vida.

Eso sí…, lo que envidio de un cerebro tan grande es que debe almacenar infinidad de recuerdos bonitos. Yo apenas conservo una remota imagen del momento de mi nacimiento, y de algún apareamiento glorioso; el resto de las escenas de cada noche se esfuman cuando voy a dormir con el alba. ¡Qué importante es también acumular recuerdos bonitos, para tener energía positiva!

Y además, aunque ya sé que no es mérito mío, pues mi virtud me viene de nacimiento, yo al menos sirvo para curar enfermos de malaria. Mi existencia supone una buena aportación al ecosistema mundial; y, como dijo un sabio: no es un hombre más que otro si no hace más que otro. Porque también los humanos han nacido con el don y la capacidad de hacer el bien, pero de cada uno de ellos depende el querer desarrollarlo. A fin de cuentas, al ser que ha sido dotado de la mayor inteligencia del planeta, se le debe exigir que haga por el mundo algo más que nacer, crecer, reproducirse y morir…, pues eso tan básico también sabemos hacerlo el resto de los animales. Y esa exigencia se debe materializar en su responsabilidad con la sociedad, poniendo su intelecto al servicio del progreso y de la paz. Pero la realidad es que la mayoría no saben pensar más que en sí mismos. Menos mal que otros, como mi amigo el fotógrafo, se recrean, incluso, con las pequeñas cosas, admirándose por la biodiversidad.

¡Estoy decidido…! Ahora mismo levanto el vuelo y me presento delante de su cámara, exhibiendo mi color amarillo. Pffffssssss.

Y así lo hizo. Mientras Andrés Medina se concentraba en fotografiar el hongo bioluminiscente en medio de la noche, cuerpo a tierra, le distrajo el súbito zumbido de un mosquito. ¡Cuál fue su asombro al contemplar que era intensamente amarillo y brillante como una luciérnaga! El insecto se posó muy cerca del hongo, de manera que apenas hubo que girar levemente la cámara, con sumo sigilo, para captar tan prodigiosa imagen. ¡Quedó perfecta…! Cualquiera diría que el mosquito había posado deliberadamente para él.

En pocos días, el fotógrafo mostraría su descubrimiento a un biólogo con el que colaboraba, y que estaba acampado también por allí, en medio del bosque húmedo. Una vez publicada la imagen en las revistas, el evento estaría consumado. Habrían protagonizado el descubrimiento de una nueva especie, de virtudes aún desconocidas. ¡El mosquito amarillo existía!

UN BIÓLOGO BOHEMIO

Nuestro humilde biólogo desarrollaba su trabajo en la fascinante isla de Madagascar. Llevaba años estudiando con emoción sus múltiples endemismos, recogiendo muestras vegetales por doquier, y observando los animales. Pasó infinidad de noches contemplando la floración de los baobabs, cuando pequeños roedores acudían a polinizarlos. También recordaba con entusiasmo los días que dedicó a descender el curso del río Manambolo, surcándolo en canoa, acampando en las riberas en lugares cada vez más remotos. Buscaba especies extrañas, sobre todo de lémures y camaleones. Cenar al calor de una hoguera, bajo las estrellas, con los únicos sonidos de las criaturas nocturnas, era uno de sus placeres favoritos.

Pero sus días de gloria en esa región no duraron mucho. Lamentablemente, el avance de la deforestación transformó su gracia en desgracia, dejándole sin territorio para explorar. Cada vez era mayor el número de asentamientos de las tribus locales. Y la creciente población se empeñaba en quemar los bosques para ampliar las zonas de cultivo, olvidando lo importante que era respetar el equilibrio de la Naturaleza. Porque de todos los principios esenciales de la vida, éste era sin duda de los fundamentales: el equilibrio.

Con el tiempo, todo el altiplano malgache quedó ocupado por campos de cereal, algunos pastos, y enormes áreas de tierra pelada y muerta. De manera que donde una vez reinaron extensos bosques, pasó a imponerse la ley del desierto.
Su opinión científica era que todos los organismos vivos, animales o vegetales, se comportaban de manera extraordinariamente lógica, desde una simple bacteria hasta una colosal ballena. Sin embargo el hombre era una excepción que le desconcertaba. Contemplando la degradación del altiplano, recordó que desde la Prehistoria, y

especialmente desde que se hicieron sedentarios, los humanos siempre habían destruido los entornos que habían ocupado, pues son devoradores insaciables de recursos. Ahora, con la globalización, el destrozo se verificaba a escala mundial. No hacía falta ser investigador para evidenciar que la Humanidad era una plaga para el planeta. Y en consecuencia, el futuro más probable era el de un sórdido mundo de contaminación con paisajes desoladores. Pero precisamente porque la destrucción del entorno carecía de lógica, el ser humano le desconcertaba.

El caso fue que el manto vegetal del centro de la isla quedó completamente esquilmado. De modo que, pasados pocos años, el biólogo tuvo que desplazarse al extremo nororiental, donde aún se conservaban rincones protegidos en que poder continuar sus investigaciones. Situó su campamento, en concreto, en el Parque Nacional de Maroyesi. Se trataba de un bosque húmedo encantador, y con una enorme densidad y diversidad de especies.

Viviendo en una simple tienda de campaña, con la ropa imprescindible y los instrumentos propios de su profesión, tuvo suficiente. Para él no había mayor felicidad que habitar en medio de la selva, embriagado de naturaleza, y ejerciendo un trabajo que le entusiasmaba. Incluso aquello que en otras circunstancias podrían ser incomodidades, aquí se transformaba en un verdadero placer. El mejor ejemplo eran las tormentas tropicales: Mientras los habitantes de las ciudades se obstinaban en identificar los nubarrones con el mal tiempo, en la selva y en los campos la lluvia era la fuente de la vida. Por eso era importante apreciar el agua que caía torrencialmente desde el cielo. Es más: había que disfrutarla y venerarla…; dejarse hipnotizar por el martilleo de sus gotas estrellándose sobre las hojas de las plantas; impregnarse de salud al inhalar su frescor y la humedad; admirar la grandiosidad del sonido indómito de los truenos; contemplar los dibujos de las nubes, cambiantes con el viento; escuchar los silbidos del aire; y sentir el beso apasionado de la vorágine al dejarnos empapados. Y es que disfrutar de los días claros y soleados era algo que sabía hacer todo el mundo; pero deleitarse con la lluvia, era un don reservado a los más privilegiados. El que sólo apreciaba el sol, era feliz unos días al año; el que también gustaba de las tormentas, lo era los 365, y uno más en bisiesto. Definitivamente, los capaces de apreciar la Naturaleza en todos sus estados, tenían su dicha consumada.

Acostumbrado así a la vida bohemia, se convenció de que tener pocas posesiones reportaba grandes ventajas: por un lado, abarcar poco permitía tener el control de todo; y por otro, cuantas menos cosas, menos preocupaciones. Al que se obstinaba en acumular, sus propios bienes le acababan desbordando y sometiendo. El dinero, por eso, era mejor gastarlo en vivir experiencias que en comprar bienes. De hecho, pensó que era sorprendente la cantidad de objetos inútiles que las personas almacenaban en armarios y trasteros. La obsesión por el consumo y por acaparar, teniendo más de lo necesario, era precisamente uno de los factores que conducían a la destrucción del medio, pues el exceso era el gran enemigo del equilibrio.
Claro que, por fortuna, este discurso él ya lo tenía superado. Había encontrado su lugar en el mundo, y la manera de vivir en armonía consigo mismo y con el entorno. ¡Era feliz, y se sentía realizado!

Pero, entre tanta seguridad, un fenómeno imprevisto estaba a punto de azotar su autoestima…

Hacía poco que se había puesto el sol. Y al ser noche de luna llena, la escena resultaba maravillosa. Ni frío, ni calor; un poco de brisa; la cena junto a la hoguera; y los encantadores sonidos nocturnos de la selva… ¡Todo en perfecta sintonía, como a él le gustaba! Se fue a dormir pensando que había sido un día perfecto. Tumbado dentro de su tienda, somnoliento, dio primero un repaso a los acontecimientos interesantes que había disfrutado durante la jornada, y después se recreó imaginando las sorpresas que le depararía el día siguiente. Con ello, en unos minutos, cayó dormido.

Al escuchar un fuerte impacto sobre la lona de la tienda, despertó de súbito. Levantó la cabeza y sus ojos desorbitados contemplaron una silueta oscura, con sus manazas estampadas sobre la tela. En un acto reflejo, propinó una patada a esa sombra indefinida, y, fuera lo que fuere, huyó despavorida.

El corazón del biólogo palpitaba histérico por el susto. Cuando uno dormía solo en medio de la selva, este tipo de sorpresas causaban un enorme sobresalto. Y lo peor fue que aquello no había terminado, pues seguía viendo siluetas fugaces desplazándose por el exterior, a la vez que escuchaba sonidos de animalillos. Tratando de serenarse un poco, pulsó la luz de su reloj, y vio que era exactamente la media noche. Comenzó a bajar la cremallera de la tienda, sólo un poco al principio, y asomó lentamente la cabeza. Estaba en lo cierto: había unos cuantos animales revoloteando. Pero le pareció que era una familia de lémures, y en cualquier caso eran pequeños. Así que terminó de bajar la cremallera y se animó a salir para echar un vistazo.

Allí estaba de pie, expuesto en mitad de la noche, rastreando fijamente el bosque con su mirada, tratando de escudriñar lo que se escondía detrás de cada tronco, de cada hoja y de cada rama. Por suerte, la luz de la luna llena le permitía tener una buena visibilidad. Mas no tuvo que investigar mucho, pues, para su sorpresa, los lémures no trataron de esconderse, sino que comenzaron a colocarse en un claro frente a él, sentados sobre la hierba, hasta sumar al menos una docena. Después vio cómo otros muchos descendían desde lo alto de las ramas, y se iban situando en el mismo escenario, sumando esta vez alrededor de un centenar. ¡Era increíble! Pero mirando con más atención, descubrió que no eran ellos los únicos visitantes, pues toda aquella pradera se estaba llenando también de camaleones, ranas, tortugas, culebrillas, y todo tipo de animal viviente. Y al escuchar el sutil vuelo de una lechuza posándose ágil sobre una rama, observó, asimismo, que se contaban por puñados las aves asentadas entre el follaje. ¡Qué escena tan intrigante!-pensó-.

Pero comoquiera que semejante congregación le tenía absorto, descuidó su retaguardia como un ingenuo. En un abrir y cerrar de ojos, sintió un fuerte tirón hacia atrás que le hizo perder el equilibrio, y cayó sentado golpeándose la espalda contra un tronco. Comprobó entonces, con alarma, que le habían rodeado el pecho con una liana, y que se encontraba irremediablemente atado, también de brazos y manos, contra un árbol muy grueso. ¡Todo había sucedido con una rapidez pasmosa! ¡No se explicaba lo que estaba aconteciendo! Mas pronto se presentaron el resto de los personajes de la escena para explicar el evento. Lo mágico del asunto, fue, precisamente, la naturaleza de dichos personajes:

Miles de duendes, de todas las especies y tamaños, se habían congregado en asamblea aprovechando esa noche tan clara. Los Silfos y las Sílfides se colocaron frente a él, en primer plano, sentados sobre las setas, y columpiándose en las briznas de la hierba. Este extenso grupo de seres alados eran los favoritos del bosque, pues se trataba sin duda de los más generosos y trabajadores. Con su tamaño diminuto, el más grande no superaba la medida de una mano, y cuando nacían, fácilmente cabría una centena bajo la hoja de un roble. A su alrededor revoloteaban los Elfos, que, descendientes de los anteriores, eran también inofensivos, aunque más holgazanes y traviesos. Junto a estos estaban los Trasgos, pertenecientes a la misma familia, pero con una peculiaridad en sus alas, pues emitían un brillo fluorescente que las hacía parecer de fuego. Después se presentaron los Gnomos, que a diferencia de los demás, no tenían alas, y eran más propensos a los mundos subterráneos. Entre todos los que hasta aquí se han citado, constituían el grupo de los duendes, cuyo común atributo era su pequeño tamaño. Sin embargo, las que habían atado con las lianas a nuestro incauto biólogo, habían sido las Ninfas, pues sólo ellas tenían la estatura y fuerza para hacerlo.

58

También se las conocía con el nombre de las Hadas; y sus seis tribus estaban representadas: Melíades, Náyades, Nereidas, Oreidas, Alseidas y Dríades. Todos estos seres mágicos, junto con el resto de los animales, se hallaban, por tanto, congregados frente al biólogo, que no salía de su pasmo. Por fin, las Hadas tomaron la palabra, y a partir de ahí, fue sucediéndose un diálogo de recriminaciones hacia el humano:

- HADAS: ¡Qué cómodo es para ti refugiarte en el paraíso de Maroyesi, mientras el resto del mundo se degrada hundiéndose en la desolación!
- GNOMOS: ¡Huir es de cobardes! ¿Por qué no te ocultas con nosotros bajo tierra, y terminas de rematarlo?
- SILFOS y SÍLFIDES: ¡Seguro que no eres más que uno de tantos charlatanes de taberna, que se dedica a criticarlo a todo, pero nunca hace nada!
- ELFOS: ¡Pues ten presente que tan culpable es el que hace el mal como el que lo permite!
- TRASGOS: ¡Eso es…! Tu pasividad te hace cómplice. Viste con tus propios ojos la deforestación progresiva del altiplano, pero no moviste un dedo para evitarla. ¿Esperarás también a que destruyan Maroyesi?
- LÉMURES: ¡Para andarse por las ramas ya estamos nosotros! ¡Déjate de filosofar y busca remedios!
- CAMALEONES: ¡No pienses, actúa!
- TODOS: ¡Empanao…! ¡Que eres un empanao…!

Acercándose una de las ninfas, le dio de beber una pócima mágica, cual *Bálsamo de Fierabrás*, que le nubló la mente, dejándole después dormido. Despertó con la luz del amanecer en el interior de su tienda, un tanto confuso. Trató de ordenar sus pensamientos rápidamente, y se dijo a sí mismo: ¡Menuda pesadilla! El caso es que tenía la sensación de que aquello no había sido un sueño. Pero le pareció todo tan absurdo, que prefirió quitárselo de la cabeza y, saliendo de la tienda, se puso a su labor.

Aquella mañana recibió la visita de uno de sus colaboradores. Era un fotógrafo al que había encargado retratar ejemplares de *Mycena Luxaeterna*. Se trataba de unos curiosos hongos luminiscentes, que emitían luz durante la noche para provocar su polinización. Al hombre le costó encontrarlos, pero el esfuerzo mereció la pena, pues las imágenes resultaron excelentes. Sin embargo, lo más emocionante fue que, junto con los hongos, consiguió captar la instantánea de una especie de insecto desconocida: parecía tratarse de un mosquito... ¡Un mosquito de color amarillo!

Maravillados por el hallazgo, comenzaron a conversar sobre el placer de descubrir especies nuevas, y sobre la desgracia del exterminio de las ya descubiertas. Entonces, el fotógrafo, a raíz de esto último, comentó que acababa de tener noticias sobre el desastre que estaba padeciendo una familia de bonobos del Congo. Según decían, una empresa maderera se había establecido en su hábitat causando estragos, y si no se actuaba pronto, el exterminio de esos primates sería cosa segura.

Cuando escuchó aquello el biólogo, sintió un escalofrío que le dejó petrificado el cuerpo, no tanto por la noticia, que era otra de tantas, sino porque le evocó instantáneamente la escena de su sueño. Impulsado por la enajenación, o quizás por la más lúcida de las corduras, acababa de decidir partir de Maroyesi, para dirigirse al Congo, con la firme ambición de rescatar a los bonobos.

En cuestión de minutos, desplegó su tienda de campaña, metió sus posesiones en la mochila, y, recreándose una vez más en la hermosura de la selva, sonrió mirando todo a su alrededor, y se puso en marcha. Sin embargo, a los pocos pasos, aún tuvo ocasión de topar con otro fenómeno pintoresco: como si de un guía generoso se tratara, un gorrión se presentó ante él, y suspendido en el aire, voló marcándole el camino. ¡Qué extraño!-pensó-. Era un ejemplar de los climas mediterráneos...; quizás de la península ibérica. Tenía mérito que hubiera llegado hasta allí. Sin duda era

sorprendente lo que se podía lograr con la libertad… Quién sabe si nació con ella, o tuvo el valor de escapar de su jaula. En cualquier caso, era un símbolo de esperanza.

www.ingramcontent.com/pod-product-compliance
Lightning Source LLC
Chambersburg PA
CBHW071213130626
46555CB00004B/1690